KB133570

그 겨울의 찻집

그 겨울의 찻집

양인자 지음

따스한 음악이
스며 있는
양인자 에세이

쟈스민
JASMINE

머리말

나는 24시간 스님처럼 벽만 쳐다보고 살 수 있는 게
체질 못 됐다.
그래서 쓸쓸히 나이가 들어 할 일도 없어지고
있는 것은 시간뿐인 그런 날들이 오기를 기다렸다.
그리고 그런 날들이 왔다.
그런데 갑자기 딸아이가 내가 쓴 노랫말을 정리해
보는 게 어떠냐고 지나가는 말처럼 얘기했다.
그래서 나도 지나가는 말처럼 듣고 가만 있었다.
그랬더니 웬걸. 거문고의 줄처럼 조금씩 조여온다.
나중에 힘 없을 때 딸이 지게 들고 와서 산에 가자 하면
그 아이 허리도 안 좋을 때 그나마 허리 성할 때 말 들어주자
싶어 정리를 해보기 시작했다.
하다 보니 으마야, 재미가 퐁당 퐁당 샘솟는다.
아. 이 노랫말을 쓸 때의 그립고도 상심했던 날들.
그런 날들이 하나씩 둘씩 내 앞으로 다가오고
쓰는 동안 참으로 행복했다.

가만 생각해 보니 이 글은 내가 쓴 글이라기보다
딸이 조여 놓은 거문고의 소리가 아닌가 싶다.

2023. 12월

추천사

산에서 만나는 고독과 악수하며 오늘도 킬리만자로를 걸어가는
우리들의 인생에 건배!

가수 **조용필**

선생님의 노래는 소복이 쌓이는 함박눈처럼 우리 마음을 따뜻하게 만듭니다. 고마우신 선생님.

정동원

가수 **정동원**

저의 음악인생중
가장 강렬하게 제 심장을 두드려주신
양인자 선생님의 출간을 진심으로 축하드립니다.

한국음악저작권협회 회장 추가열 드립니다!

한국음악저작권협회 회장 **추가열**

목차

2부 ——— 살며 생각하며

1부

음악이 있는 곳에

"이 노래 혜은이 씨가 부를 거요."
옴마! 혜은이라고? 내 인생이 내 희망사항대로 풀리는 것 같았다.

1

열정

1985년 1월. 나는 잠들어 있었다.
MBC 라디오 드라마 '사랑의 계절' 일주일 분을 밤새 써놓고 죽음과도 같은 잠에 빠져들어 갔다.
생애에서 가장 행복한 시간.
남이 다 자는 밤에 혼자 깨어있다는 것만으로도 비밀스런 기쁨인데 밤새도록 사랑의 격랑 속을 헤매다가 다른 이들이 아쉽게 일어나는 그 잠자리 속으로 쏘옥 들어가는 것이다.
행복에 겨워 몸이 떨릴 시간도 없이 그대로 인사불성.
깊고 깊은 잠. 깨워서는 안 되는 잠. 자야지. 그럼 자야지.
그때 전화가 울렸다. 의식이 수면 위로 떠오르는 데는 한

참이 걸렸다.

"나 김희갑이오."

아침형의 건강한 목소리.

"아…. zZ"

난 아직 안 깼다.

"나 작곡하는 김희갑이오."

근데요, 하려다가 정신이 번쩍 들었다.

옴마야, 이분이 웬일이시랴.

벌떡 일어나 꿇어앉았다.

"가사 써논 것 있소? 없으면 하나 써가지고, 좀 봅시다."

구름인가 꿈인가….

그렇게도 쓰고 싶어 하던 가사를 쓰라고?

씁지요. 당장 씁지요.

밤새도록 헤매다닌 사랑의 골짜기를 되짚어만 가도 살면서 하고 싶었던 이야기 줄줄이 있어요.

그렇게 해서 처음 만들어진 노래, '열정'

♬ 열정

QR코드를 스캔하여 음악 듣기

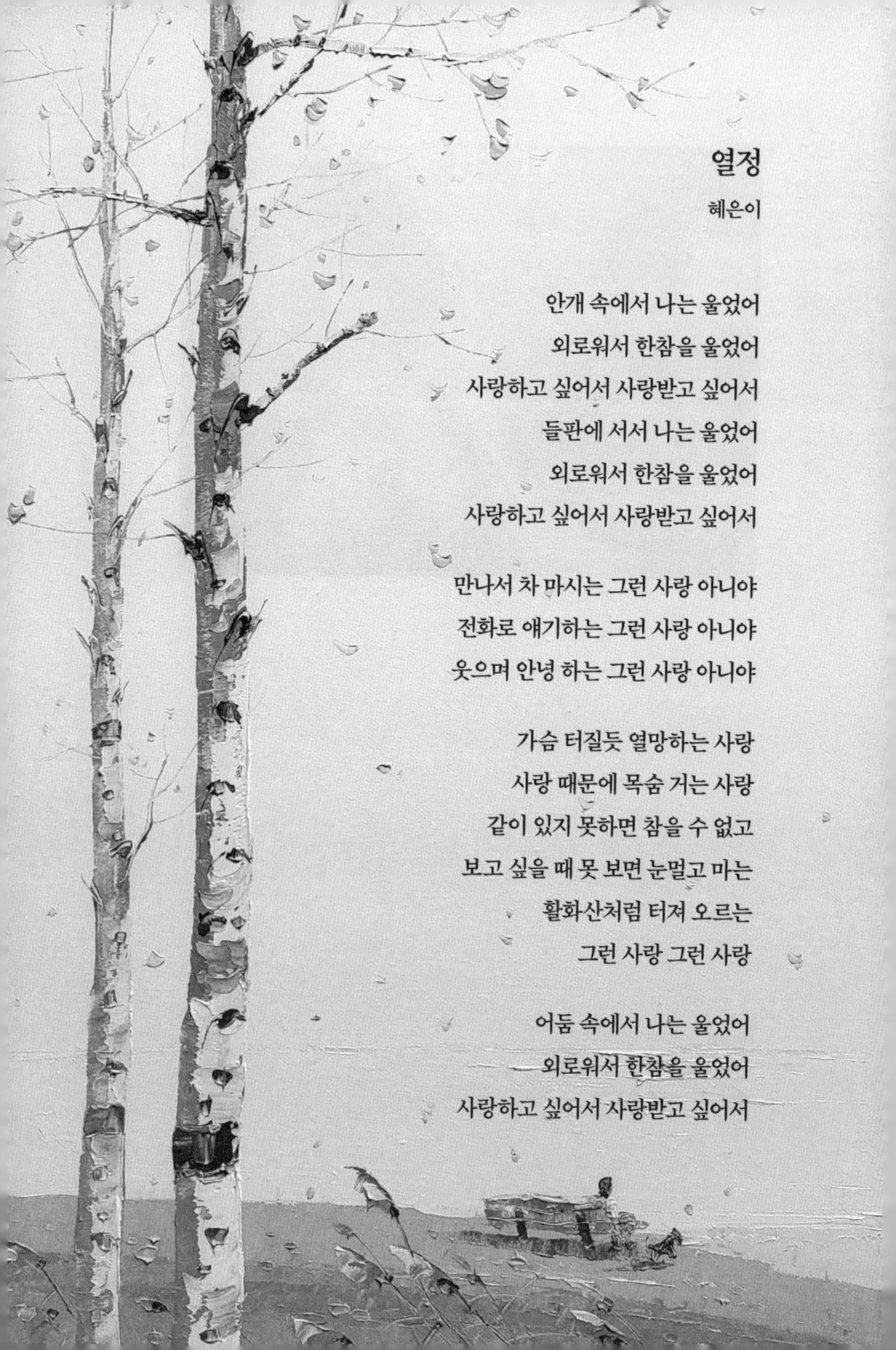

열정

혜은이

안개 속에서 나는 울었어
외로워서 한참을 울었어
사랑하고 싶어서 사랑받고 싶어서
들판에 서서 나는 울었어
외로워서 한참을 울었어
사랑하고 싶어서 사랑받고 싶어서

만나서 차 마시는 그런 사랑 아니야
전화로 얘기하는 그런 사랑 아니야
웃으며 안녕 하는 그런 사랑 아니야

가슴 터질듯 열망하는 사랑
사랑 때문에 목숨 거는 사랑
같이 있지 못하면 참을 수 없고
보고 싶을 때 못 보면 눈멀고 마는
활화산처럼 터져 오르는
그런 사랑 그런 사랑

어둠 속에서 나는 울었어
외로워서 한참을 울었어
사랑하고 싶어서 사랑받고 싶어서

1983년, 조용필 씨 일본 입성.
일본 NHK 공연장으로 가는 중.
흡사 내가 가이드 같은데 나도 열심히 따라가는 중.

2

내 가슴에 내리는 비

그는 지금 한 장의 종이를 한 시간째 들여다보고 있다.
엄청난 청구서인가? 아니면, 예기치 않은 이별의 통보인가.
청구서도 이별도 아니다.
내가 그것을 아는 이유는 내가 그 종이를 주었기 때문이다.
그 종이엔 예쁜 글씨로 정성껏 써간 노랫말 하나가 있다.
그렇다고 그 노랫말이 삼국지도 아니고 전쟁과 평화도 아닌데 왜 한 시간 씩이나 들고 있냐고?
난 모른다. 그러나 느낌은 있다. 그는 지금 그 종이 안에서 멜로디를 만들고 연주도 하고 그러면서 하나의 곡을 만들어 가고 있는 중이다.

그렇게 정지 화면으로 집중하고 있는 한 남자의 아름다움을 나 역시 한 시간째 보고 있다.

조용필 씨는 불후의 명곡 '창밖의 여자'를 쓴 배명숙 작가에 의해 연결되었다.
깡총거리며 기뻐하는 나를 배명숙 씨가 어이없어했다.
"그리도 좋소?"
"오빠잖아."
"애도 아니고."
여차여차 만났다. 그는 나를 봤는지 안 봤는지 눈도 안 준 채 자리에 앉으면서 손을 내밀었다. 하마터면 나는 그 손을 잡을 뻔했다. 그런데 악수를 하려는 손 모양새가 아니다. 아, 나도 잡으려는 건 아니야. 나는 얼른 갖고간 노랫말을 주었다.
그리고 한 시간.
그의 매니저가 왔다.
조용필 씨는 화들짝 놀라더니 정신없이 나가 버린다.
그 모양새가 밉지는 않고 다만 스스로 겸연쩍어서 나간 쪽을 보며 우이씨! 찻값도 안 내고! 하는데 흡사 그 말을 듣기라도 한 것처럼 그가 다시 들어오더니 찻값을 치르려 한다. 그런데 이 주머니 저 주머니 다 뒤져도 돈이 없다. 비로소 그는 당황스런 얼굴로 나를 본다.
"괜찮습니다. 찻값도 없는 조용필 씨 괜찮은데요."
그의 얼굴에 금방 함박웃음이 퍼진다.
그는 종이를 흔들어 보이며
"금방 만들어질 것 같아요. 예감이 좋아요." 하며 갔다.
그러면 뭐 해. 살인적인 스케줄에 그의 예감은 잊혀졌고, 3년 뒤 김희갑의 작곡으로 그는 그 노래를 부르게 된다.

♬ 내 가슴에 내리는 비

QR코드를 스캔하여 음악 듣기

내 가슴에 내리는 비

조용필

아무도 미워하지 않았고
외로움도 주지 않았는데
오늘 내 가슴에 쏟아지는 비
누구의 눈물이
비 되어 쏟아지나
어제 나는 사랑에 젖고
오늘 나는 비에 젖네
바람 한 점 옷깃을 스쳐도
상처받는 이 가슴이
오늘은 비에 젖고
외로움에 젖네

NHK 공연 시 조선일보 객원기자로 동행 취재 중.
앞에 앉은 중앙일보 기자가 아이고 좋아 죽는다.
해서 좋아 죽는 중.

3

큐

적막한 어둠 속에서 전화벨이 울렸다.

새벽 2시.

“뭐 해?”

취기로 코팅된 즐거운 목소리.

“뭐 하긴 자고 있지.”

상대가 자고 있거나 말거나 지금이 2시거나 말거나 그 자신이 깨어 있는 시간은 세상도 똑같이 깨어서 돌아간다고 생각하는 사람.

“나 지금 황 모 씨하고 노래방에 와 있는데 ‘큐’는 자기가 나보다 더 잘 부른다잖아.

그래서 결판을 내러 왔는데 심사 좀 해봐."

그 무렵 '큐'는 적잖이 대중을 흔들고 있었고 나를 중심으로 연결된 세상에서는 눈만 뜨면 들어야 했고 시간만 되면 부르기도 해야 했다.
'MBC 2시의 데이트 김기덕입니다'라는 라디오 프로그램에 게스트로 초대되었다.
그 자리에는 다른 게스트 한 분이 이미 와 있었는데 김기덕 씨가 그에게 나를 소개했다.
"너를 마지막으로 나의 청춘은 끝이 났다. 통속의 극치를 보여주는 양인자 씨. "
맑고 여린 얼굴을 하고 있는 그 남자는 그 유명한 마광수 씨였다.
그날 2시의 데이트에서 참 많은 얘기를 나누고 웃기는 했으나 무슨 대단한 내용이 있었던 건 아니다.
그러나 내게 있어서는 40년을 따라다닌 중요한 질문 하나가 있었다.
마 교수가 맑은 얼굴로 물었다.
"그런데 '큐'가 뭐예요?"

나는 찔린 듯 놀랐다.
아…, '큐'가 뭐냐고요….

정원이 있는 어느 카페에서 차를 마시며 오랫동안 석등을 바라보고 있었다.
그리고 이 노랫말을 만들었다. 만들고 보니 참 마음에 들었다.
그리고 자연스럽게 제목을 Q라고 붙였다.
그때는 이유가 있었는데 곧바로 그 이유를 잊어버렸다.
잊어버린 게 아니라 아예 잃어버렸다.
그리고 마 교수 이전에도, 이후에도 물어보는 이가 없어 모르는 채로 그냥 세월이 흘렀다.
마 교수는 돌아가셨고, 더 이상 달리 궁금해하는 이도 없는데 정작 궁금한 건 나였다.
그때 왜 Q라고 했을까?
분명 뭔가 손끝에 잡히는 자락이 있었는데..
시골집에 가서 묵은 책을 태우는데 거기서 큐가 나타났다.
나의 Q에게….
리즈 시절에 선물 받은 책 간지에 쓰여 있는 말.

Q는 퀸의 이니셜이었다.

오오, 고마우셔라. 그대가 누구였던고.

♬ 큐

QR코드를 스캔하여 음악 듣기

큐

조용필

너를 마지막으로
나의 청춘은 끝이났다
우리의 사랑은 모두 끝났다
램프가 켜져 있는
작은 찻집에서 나 홀로
우리의 추억을 태워버렸다

사랑, 눈감으면 모르리
사랑, 돌아서면 잊으리
사랑, 내 오늘은 울지만
다시는 울지 않겠다

하얀 꽃송이 송이
웨딩드레스 수놓던 날
우리는 영원히 남남이 되고
고통의 자물쇠에
갇혀 버리던 날 그날은
나도 술잔도 함께 울었다

사랑, 눈 감으면 모르리
사랑, 돌아서면 잊으리
사랑, 내 오늘은 울지만
다시는 울지 않겠다

너를 용서 않으니
내가 괴로워 안 되겠다
나의 용서는 너를 잊는 것
너는 나의 인생을 쥐고 있다
놓아 버렸다
그대를 이제는 내가 보낸다

사랑, 눈감으면 모르리
사랑, 돌아서면 잊으리
사랑, 내 오늘은 울지만
다시는 울지 않겠다

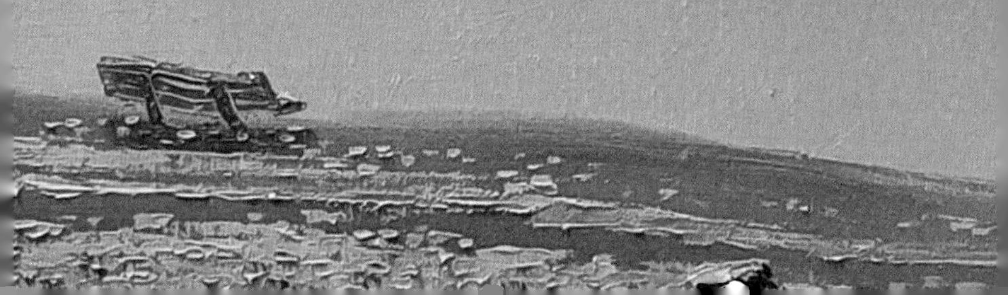

1994년, '립스틱 짙게 바르고'로 〈한국 노랫말 대상〉 대상 수상.
가수 임주리 씨와 함께.

4

립스틱 짙게 바르고

여자의 생애 한가운데로 총알처럼 뛰어든 남자.

이글이글 타는 눈빛으로 생의 중심을 흔들어 놓고 홀연히 냉정해진 남자.

여자는 망연자실한다.

찬물을 뒤집어쓸까? 뜨거운 물을 뒤집어쓸까?

한 인생이 뭐 그리 길다고 이렇게까지 가슴 아파야 하나.

견디다 보면 견뎌질까….

뭐 이따우 얘기를 눈물 콧물 섞어가며 쓰고 있는데 악보 하나가 도착했다.

저며진 가슴으로 이 악보의 멜로디가 아프게… 아프게 파고들었다.

한 장의 사진을 보았다.
전설적인 스파이 마타하리가 변장을 하고 탈출을 시도하다 체포되는 순간의 사진이었다.
어떻게 변장을 했다는 것일까?
사진으로는 그냥 선글라스를 썼을 뿐이고 유난히 짙은 립스틱을 발랐다는 것뿐인데. 이것도 변장이랄 수 있을까?
유달리 마른 입술을 잘 씹고 다니는 내가 딱한지 지인들이 립밤이나 립스틱을 곧잘 선물하곤 한다.
립스틱을 발랐다.
내 얼굴은 맨얼굴일 땐 그냥그냥 한 얼굴인데 립스틱을 바르면 갑자기 목적이 있어 보이는 얼굴이 된다. 뭔가 뜻한 바가 있고 계획이 있어 보이고 속셈이 가득한 얼굴.
아, 그렇구나. 립스틱만 발라도 변장이 되는구나.

이 노래를 부른 임주리 씨는 5차원적인 사람이다. 기가 막히게 노래를 잘 불러 쿡쿡 찔러대는 소속사가 많다.
맨 처음 TBC 연속극 '야 곰례야' 주제가로 사람들의 시선을 끌었다.

그다음 KBS2 주말드라마 '청춘 행진곡' 삽입곡을 부르고 그 노래의 주가가 불길처럼 치솟을 때 그녀의 5차원적인 활동이 눈뜨기 시작했다.

"아직은 나설 때 아니야. 잠자코 있어. 이 노래를 부른 가수가 누구지? 할 때까지 좀 기다려."

그러나 주리는 기다리지 않았다. 그리고 다음 곡을 부르기 위해 소속사를 옮겨 버렸다. 새로운 노래가 다시 불리워지고 먼저 노래는 당연히 묻혀버렸다. 그렇게 신곡을 찾아 삼만 리를 하는 바람에 어느 것 하나도 뻥 튀어 오를 수가 없었다.

어느 날 또 신곡을 찾아 나에게 왔다

"노비 문서라도 하나 써야겠다."

"헉! 노비 문서요?"

"내가 노비 문서를 너한테 돌려줄 때까지 제발 딴짓 안 하기."

그렇게 해서 '립스틱 짙게 바르고'를 녹음했다. 그러나 반응이 신통찮았다. 말이 노비 문서지 주고받고 할 문서도 없는 터에 주리는 홀연히 미국으로 사라졌다.

이상하게도 노래는 그때부터 조금씩 조금씩 수면 위로 모습을 드러내기 시작했다.
어느 날 밤 심야 토크쇼에 양희은 씨가 나와 '잊어주겠다'라는 말의 뉘앙스를 통쾌하게 설명하며 이 노래를 불렀다. 그리고 그것이 기폭제가 된 양 그때부터 탤런트, 연극배우들이 공연에서, 무대에서 이 노래를 부르기 시작했고 인기 연속극에서도 사용되며 마침내 종이 울렸다.
그동안 주리가 여기 없었기에 다행이다, 생각하고 있었는데 시애틀에서 비디오 가게를 하고 있던 주리의 귀에도 이 종소리가 들어갔다.
주리는 비디오 가게 문도 채 못 닫고 부랴부랴 한국으로 돌아왔다. 그러고는 나를 찾아와 또 신곡 얘기를 꺼냈다.
나는 한참 동안 말없이 주리를 쳐다보았다. 마주 쳐다보던 주리의 눈이 잠시 후 천천히 천천히 3차원으로 내려왔다.

생각해 보면 주리의 신곡 순례는 그녀만의 완전성에 있는 것 같다.
흡! 이번에는 정말 잘 부를 수 있어.

흡! 이번에야말로 정말 잘 부를 수 있어.
아마도 그런 생각 때문이지 싶다.

♬ 립스틱 짙게 바르고

QR코드를 스캔하여 음악 듣기

립스틱 짙게 바르고

임주리

내일이면 잊으리 꼭 잊으리
립스틱 짙게 바르고
사랑이란 길지가 않더라
영원하지도 않더라
아침에 피었다가
저녁에 지고 마는
나팔꽃보다 짧은 사랑아
속절없는 사랑아
마지막 선물 잊어 주리라
립스틱 짙게 바르고
별이 지고 이 밤도 가고 나면
내 정녕 당신을 잊어 주리라
내 정녕 당신을 잊어 주리라

1993년, LA에서 신상옥 감독의 '증발' 주제가 녹음을 끝내고
디즈니랜드에 가서 마음껏 놀았다.

5

늦은 밤 그대를 보내고

나를 당신과 사랑에 빠졌던 남자로 추억하지 마십시오.

그보다는 지평선에 뜬 작은 무지개를 보여주러

당신을 앨버타주로 데려갔던 남자로.

스위스 산장에서 당신에게 담배를 가르친 남자로.

당신이 자신을 괴롭힐 때마다

영국에서부터 달려왔던 남자로 기억해 주십시오

나 역시 당신을 그런 방식으로 기억할 것입니다.

출처: 『눈에 대한 백과사전』, 사라 에밀리 미아노 지음, 권경희 옮김,
랜덤하우스코리아(2010)

어디선가 우연히 본 시인데, 재미난 글이라 벽에 붙여놓고 한 번씩 오며 가며 눈에 띌 때마다 미소 지었다.

그런데 바로 그런 남자가 나타났다.

그 남자는 집에서 딩굴딩굴 책을 보고 있는 나를 이태원의 멋진 카페로 불러냈고 방송국에 대본을 넘기고 파김치가 돼 있는 나를 나이트클럽에 데리고 가 밤새도록 춤을 추게 만들었다. 여의도광장에서 자전거 타는 법을 가르치고 폭탄주도 가르쳤다.

그리고 내가 밤새워 작업할 때는 그 역시 밤을 새우고 있다는 신호로 몇 번씩 전화를 하기도 했다.

글의 맥락이 끊어져 성가시다 해도 그는 혼자 밤새우면 외롭다고 또 전화를 하곤 했다.

배명숙 작가 생각이 또 난다.

밤낮없이 사랑의 계절 드라마에 매달려 있는 내게 말했다.

"안 부끄럽소?"

"뭐이가?"

"거, 밤낮없이 사랑 얘기 써대는 거."

"'창밖의 여자'는 사랑 얘기 아니야?"

"그건 뭘 모를 때 쓴 거고."

"뭘 아는 지금은 뭐를 써야 되는데?"

"무슨 얘길 쓰건 러브 라인이 들어가야 재밌는 건 알겠는데 구성을 끝내고 막상 두 남녀가 만나는 장면에 들어가면 도대체 무슨 얘기를 써야 할지를 모르겠어."

"고상하다."

"아니, 고상해서가 아니라 진짜 궁금해. 만나서 무슨 얘기를 하지? 사랑하면 사랑한다, 그 한마디면 끝나는데 한 시간을 무슨 얘기로 끌고 가냐고."

"그동안 쓴 작품에서는 무슨 얘기로 끌고 갔는데?"

"그러니까 내 얘기가 그때 썼던 그 얘기들이 부끄럽단 얘기 아니오. 일단 부끄럽단 생각을 하니까 더 쓸 수가 없어."

"큰일 났네. 부자 아버지도 없는 터에."

뭔가 기대를 갖게 하는 남자의 얘기를 알큰알큰 시작하다 말고 배명숙 작가 얘기는 왜 하냐고? 글쎄 알큰알큰 하려다 보니 배명숙 씨가 부끄럽지 않냐고 또 야단치는 거 같아서… 말입니다.

그러거나 말거나 하던 얘기 계속하자면 어느 날 여의도 방송국 골목 밤 포장마차에서 소주 한 잔 참새 한 마리

잔치국수 한 사발….

퐁당퐁당 마시면서 놀다가 집으로 왔다.

그리고 써 갖고 간 노랫말도 하나 주고 왔다.

빠이빠이. 안녕안녕.

여의도 밤길을 유정하게 휘드러지며 걸어 집으로 오니 그가 문 앞에 서 있었다.

엥?

그가 말했다.

노랫말을 읽어보니까 암만해도 다시 오라는 편지 같아서 말입니다….

♬ 늦은 밤 그대를 보내고

QR코드를 스캔하여 음악 듣기

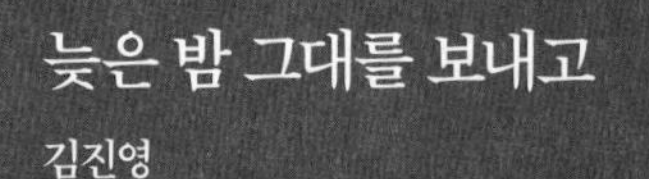

늦은 밤 그대를 보내고

김진영

늦은 밤 그대를 보내고
나는 쓸쓸함에 잠긴다
멀어지는 뒷모습을 지켜보는
이 마음이 허전해
늦은 밤 그대를 보내고 문득 돌아서지 못하네
오래도록 지켜보는 이 마음은 사랑이란 것일까
이제 와서 괴로울 줄 정말 몰랐네
그대 체온 남아있는 손
슬퍼질 줄 정말 몰랐네
아~ 멀어져가는 그대여 만날 순 있겠지만
그대 내 사랑이 아닌게
오늘따라 가슴 속을 파고들며
울고 싶게 하네

▲ 김세화, 권태수의 앨범.
▼ 이동원의 앨범.

6

작은 연인들

모스크바 게스트하우스 눈 내리는 창가에서 이동원 씨가 기타를 치고 있었다.
언제 우리가 만났던가 언제 우리가 헤어졌던가….
그러다 문득 기타를 멈추더니 이렇게 말했다.
"전 이 노래를 평양 모란봉 극장에서 꼭 한번 불러보고 싶어요."
엥?
이 노래를 왜?
이 노래가 뭘 잘못했다고….
'작은 연인들'은 재수생들의 사랑 이야기이다.

▲ 모스크바 국영 방송 오케스트라가 내는 소리는 가히 천상의 소리였다.
모스크바 대학 합창단의 소리도 이하동문.
▼ 모스크바 국영 오케스트라 지휘자 알렉산더 미하일로프.
그가 문호 개방이 막 시작된 러시아에서 처음으로 접한 음향기기를
신기한 듯 만져보고 있다.

지금은 스스로의 계획하에 재수생이 되기도 하지만 70년대에는 대입 실패로 재수생이 되면 낙인이나 찍힌 듯 고개 숙이고 다녀야 했다. 당시 광화문 뒷골목은 재수학원이 밀집해 있었고 도시의 한가운데서 가장 외롭고 그늘진 골목이기도 했다.

그곳 한 출판사에 근무하고 있던 나는 밤낮으로 만나게 되는 그들에 섞여 10대를 두 번 지낸 것 같은 생각이 든다. 그 속엔 아픔도 있었지만 그들끼리만 나눌 수 있는 말캉한 사랑도 있었다. 드라마 사랑의 계절 시리즈를 쓰면서 한 챕터를 이들의 이야기로 만들었다.

말캉한 얘기들이 우울한 10대들의 마음을 위로할 수 있었으면 좋겠다 생각하고 있었는데 반응은 엄마들한테서 왔다. 아이들의 그늘이 마음 아팠는데 나름대로 비켜가는 방법을 아는구나. 고맙다. 싶은 생각이 든다고 했다. 그러나 역사 드라마를 쓰시던 남자 작가 한 분은 이런 말을 했다.

"난 내 아들이 재수생 주제에 그런 식으로 웃고 산다는 게 기분 나빠. 난 밤새도록 원고 쓰느라 쌩고생을 하는데."

엄마와 아빠의 차인가? 아닌가? 개인의 차인가?

청취자들은 드라마에도 좋은 반응을 보여 주었지만 주제가를 더 좋아했던 듯하다. 드라마는 끝났는데 노래는 그때부터 계속 상승세를 타고 있었으니까.
북구라파의 애수가 깔린 듯한 멜랑꼴리한 멜로디.
겨울 햇살에 살얼음이 풀리듯한 김세화와 권태수의 목소리.

이동원 씨가 말했다.
"이 노래는 2절이 필요해요. 2절을 써주세요."
"난 왜 필요한지 모르겠는데?"
동원 씨가 앞 몇 소절을 다시 불렀다.
"언제 우리가 만났던가, 언제 우리가 헤어졌던가, 이산가족 얘기잖아요."
전혀 생각 못 했던 시각의 전환으로 뻥 한 대 맞은 것 같았다. 그렇게 해서 모스크바 게스트하우스 눈 내리는 창가에서 2절을 만들었다.
그는 모스크바 국립방송 오케스트라에 맞춰 2절이 있는 그 노래를 불렀고, 그리고 만족해했다. 그 후 몇 번인가 평양을 초대 방문하고 와서 그 곡을 작곡한 김희갑 선생님께 말했다.

"한번 같이 가세요, 선생님."

선생님이 대답했다.

"난 어스름녘 뒷짐 지고 내가 살던 골목을 천천히 둘러보고 싶어. 그럴 수 있을 때 가자."

♬ 작은 연인들 - 김세화, 권태수 Ver

QR코드를 스캔하여 음악 듣기

♬ 작은 연인들 - 이동원 Ver

QR코드를 스캔하여 음악 듣기

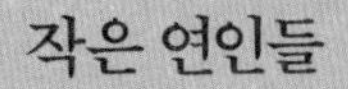

작은 연인들

김세화 & 권태수, 이동원

언제 우리가 만났던가
언제 우리가 헤어졌던가
만남도 헤어짐도 아픔이었지
가던 길 돌아서면
들리는 듯 들리는 듯 너의 목소리
말없이 돌아보면 방울방울 눈물이 흐르는
너와 나는 작은 연인들

너는 한 줄기 시냇물 되고
나는 한 줄기 비가 되어서
언젠가 강이 되어 흐른다 해도
기다림 아득해라
그립고도 안타까운 너의 목소리
말 없이 돌아보면 방울방울 눈물이 흐르는
너와 나는 작은 연인들

▲ 그룹 코리아나 리드싱어 이애숙 씨와 함께.
▼ 1993년, LA. 노래 연습을 맹렬히 하고난 뒤 점심 먹으러 가는 길.

7

샨티샨티샨티

93년도 LA에서 신상옥 감독을 만나러 가는 날은 소녀처럼 가슴이 설레였다.
우선 나는 이분이 아침 7시에 약속을 잡은 것이 너무나 신선했다.
그때까지 나는 세상의 예술가들은 모두 해가 져야만 꿈틀거리는 줄 알았다.
그러므로 아침 7시의 약속은 특별한 의미로까지 여겨졌다.
그의 이력은 새삼 거론할 필요도 없지만 산전수전 공중전 부귀영화 굴욕을 두루 겪어낸 이 불세출의 남자는 과연 어떤 모습일까.

그는 정감 가게 잘생긴 얼굴로 씩 한 번 웃는 것으로 인사를 대신하고 '증발'이라는 영화 대본을 주었다.
'증발'은 79년 파리에서 실종된 김형욱 전 정보부장의 실화를 바탕으로 한 영화다.
헝가리 광시곡으로 미친 듯한 피아노 연주가 광풍을 일으키는 도입부부터 사람 숨을 틀어막더니 빠른 전개, 빠른 전환으로 숨 쉴 틈도 없이 밀고 나가다가 끝, 했다.
옴마, 이렇게 총알 퍼붓듯한 이 영화 어디에 주제가가 들어갈 수 있지?
그러나 그가 내게 대본을 준 이상 목숨을 바쳐서라도 해내야 한다.
그가 누구인가?
안광이 지배를 철하듯이 살펴보고 또 살펴보니 한 줄의 지문이 눈에 띄었다.

S# 종로. 박종철 노제.
박종철. 그는 민주항쟁의 도화선이 된 인물이다. 고문으로 사망하자 전국의 대학생들의 분노가 들불처럼 일어나 그의 영정을 안고 종로를 메우며 노제를 지내는 장면이었다.
"감독님, 종로가 옛날 종로가 아닌데 이 장면을 어떻게 찍어요?"
그는 어린 딸이 아빠, 강물이 왜 파래? 하고 물어보기라도 한 것처럼 진짜 어린 딸 보듯이 보며 "당시 뉴스 필름을 쓰면 된단다." 하셨다.
와. 신기해라.
그리고 이 장면에 꽂혔다.
88올림픽 송으로 세계적인 가수의 반열에 오른 코리아나 멤버의 막내인 이애숙 씨가 노래를 부르기로 정해졌다.
마이클 잭슨이 6개월간 머물면서 음악을 만들어 갔다는 스튜디오.
그리고 그 음악 스태프였다는 수석 엔지니어는 뜻 밖에도 악보를 볼 줄 몰랐다.
한글도 모르는 사람이 국어 일타강사라는 말 아닌가?
애숙 씨의 소속사 대표가 말했다.
'손에 손잡고'를 쓴 조르조 모로더도 악보를 볼 줄 모른다고.
대신 그들은 절대음감을 가지고 있다고 했다.

납득이 가질 않아 이 일타강사의 작업을 유심히 보았다.
봐 봤자 낯선 기계의 움직임이 이해될 리 없었다.
이해될 리 없으니 잠이 쏟아졌다.
이 나라는 커도 너무 크고 넓어도 너무 넓어 좀 과장되게 말하면 점심 먹으러 대전을 가야 하고 커피 마시러 강릉을 가야 하고 그것을 일상적으로 예사로이 하자니 멀미 심한 나는 살아 움직이는 게 귀찮을 정도였다.
그러니 이해 안 되는 음악 작업에 잠이 쏟아지는 건 당연지사.
그러다 엄청난 굉음에 놀라 잠이 깼다.
애숙 씨 노래 녹음이었다.
단지 아- 하고 서두를 뗐을 뿐인데 세상의 모친이 다 함께 통곡을 하는 것 같았다.
아, 이 노래가 노제 장면에 나간단 말이지.
가슴이 벅찼다.

이 나라에서는 마지막 편집이라는 게 있다고 했다.
여기는 감독도 어떤 스탭도 불참한 가운데 오로지 돈과 연결된 멤버들이 모여 시사회를 하고 필요 없다고 생각되는 부분은 가차 없이 잘라내는 작업인데 그들의 시각에서 볼 때 이 사건의 바닥에 깔린 항쟁의 씬은 그렇게 중요치 않다고 보고 씬 전체를 들어내 버렸다.
"세상에 이럴 수가! 어떡해요 감독님?"
신 감독은 이런 일에 이력이 붙은 사람답게 별 동요 없이 노제 장면이 없다고 노래 못 쓰나? 하셨다.

영화가 개봉되었다.
대본과는 좀 달랐지만 도대체 어느 장면에 이 노래가 나올까 조마조마 일각이 여삼추로 기다리며 보고 있는데 끝내 노래는 나오지 않았다.
낙심천만, 어깨에 힘이 쭉 빠지는데 갑자기 아- 하고 노래가 터지지 않는가.
엔딩 크레딧이 올라가면서였다. 나는 감동에 겨워 그 자리에 못 박혔다.
그러나 관객들은 상관없이 자리에서 일어났고 곧이어 장내 불이 켜지고 청소부들이 들어왔다.
밝고 어수선함 속에서도 자막은 계속 오르고 노래도 계속되었다.

그러나 나는 다 듣지도 못하고 청소부의 손에 떠밀려 쫓겨났다.

샨티샨티샨티: 우파니샤드 철학에서 평화를 기원하는 말.

우파니샤드: 부처님 나시기 전에 존재했던 인도 철학.

♬ 샨티샨티샨티

QR코드를 스캔하여 음악 듣기

샨티샨티샨티

이애숙(그룹 코리아나 리드싱어)

아아 하늘이여
꽃이 피는 시절 무슨 일 있어
꽃이 지는가
아아 님이시여
한 줌의 희망을 얻기 위해
하늘의 별이 되네

사랑도 훨훨 미움도 훨훨
가슴 속 빗장도 훨훨
자유로운 풀씨 되어 우리 다시 만나리
아아 이 눈물이
세상의 슬픔을 거두게 하소서
샨티샨티샨티

'알고 싶어요' 악보.

8

알고 싶어요

추적추적 비가 내리던 날,
동부이촌동에 있는 김희갑 선생님 댁에 갔다.
권성희 씨 앨범 작업에 들어갈 노랫말 숙제 검사를 받는 날이었다.
댁에 가니 작사가 박건호 선생님도 와 계셨다.
박 선생님도 숙제 검사를 받으러 왔는지 혼자 악보를 놓고 기타를 치면서 "선생님, 이 부분은 C로 하면 어때요, G로 하면 어때요?" 묻고 있었다.
김 선생님은 오후에 있을 영화 음악 녹음 관계로 악보를 정리하느라 정신이 없어 보였는데 박 선생님이 이렇게 하면 어때요? 저렇게 하면 어때요? 하고 물을 때마다 "아, 거기다 체크해놔요. 내가 나중에 검토할 테니까."

그러다 나를 보고 아, 하고 손을 내밀었다.

악보를 드렸다.

박 선생님이 흘깃 악보를 넘겨보더니 "추억 하나? 다음엔 추억 둘 하면 되겠네. 이거 무궁무진 쓸 수 있겠다. 추억 셋, 추억 넷…."

나는 대가께서 애송이한테 왜 그러세요? 하는 눈빛으로 쳐다봤다.

그러자 그는 웃으며 화제를 바꾸었다.

"선생님, 여기 이 멜로디 조금 바꿀게요."

"그건 그냥 두고 이거 한번 들어봐요."

김 선생님이 카세트테이프 플레이를 눌러 놓고는 다시 녹음 악보 정리를 하기 시작했다.

이미 어느 가수가 녹음해 놓은 노래였다.

왜 들어보라고 하시는 걸까? 나는 바짝 귀를 세웠다.

그러나 박 선생님은 이 노래엔 아무 관심이 없는 듯 앞에 놓인 악보를 보며 계속 기타를 쳐 보고 있었다.

나는 노랫소리와 기타 소리를 구분해 가며 듣느라 나름

정신을 바짝 차렸는데, 어찌나 바짝 차렸는지 머리가 깨질려고 했다.
그리고 왜 들어보라고 했는지 알 것 같았다.
"제가 노랫말 다시 써 볼까요?"
김 선생님이 그러라고 테이프를 꺼내 내게 주었다.
그날 밤, 밤새도록 이 노래를 듣고 또 들으면서 노랫말을 썼다.
이미 가사가 있는 노래를 들으면서 새로운 노랫말을 쓴다는 건 상당한 노고를 요했다.
다음 날 다 쓴 가사를 드렸더니 주욱 읽어보시곤 수고했다면서 책상 서랍 깊숙이 넣어 버렸다.
그리곤 영영 그 서랍에서 그 악보는 나올 줄을 몰랐다.
혹시 잊어버리신 건 아닌가….
하루는 녹음실에서 이리저리 바쁘게 오가는 양반을 뒤따라 댕기면서 달 밝은 밤에 그대는 누구를 생각하세요? 흥얼거려도 아무 반응이 없었다.
나를 만나 행복했나요… 때로는 일기장에… 하다가 돌아서는 그에게 밟힐 뻔했다.
"허. 거…." 하다가 그는 다음 말을 삼키고 "저쪽 테이블에 가면 커피하고 과자 있어요." 했다.
마침내 나는 최상의 용기를 내어 말했다.
"이선희 씨에게 한 번만 불러보게 해요."
마지못해 그는 그 악보를 천길 물속에서 꺼내 이선희 씨에게 주었다.
레코드가 나왔다.
LP 레코드는 A면과 B면이 있는데 내세워 홍보할 곡은 대개 A면 상단에 배치되고 구색 맞춘 곡들은 B면으로 갔다.
'알고 싶어요'는 B면 네 번째 다락방에 갇혀버렸다.
그러나 전국의 음악 PD들은 어찌나 다 귀가 밝은지 네 번째 다락방에 갇혀 있는 비운의 신데렐라를 찾아내어 '여기 신데렐라가 있다.' 하고 방송하기 시작했다.
당시 이선희 씨의 인기가 천정부지로 치솟아 있었던 시기라 '알고 싶어요'는 하루 아침에 신데렐라에서 최고의 왕비로 등극 되었다.

김희갑 선생님의 한 인터뷰.
아나운서가 물었다.
"이 곡을 안 쓰시려고 했다면서요?"

"네."

"왜요?"

"쑥스럽고 부끄러워서요."

"아니 왜요? "

그는 정말 쑥스럽게 대답했다.

"나한테 얘기하는 것 같아서."

푸하하. 웬 김칫국? 물론 내 손에 떡은 있었지만.

여하튼 그 이야기를 필두로 얼레리꼴레리 이 두 사람은 연인이다. 하고 주간지에 기사가 나버렸다.

"이대로 그냥 가만 있으면 웃길 것 같은데 얘기 나온 김에 결혼합시다."

웃길 것 같아서 결혼하자고? 이게 무슨 방구야 프로포즈야. 그러면서 그런 방구소리에 결혼하는 건 또 뭐냐.

♬ 알고 싶어요

QR코드를 스캔하여 음악 듣기

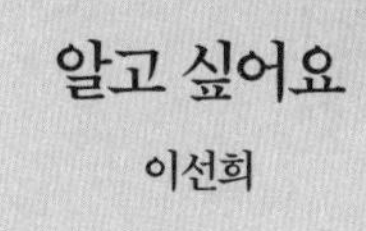

알고 싶어요

이선희

달 밝은 밤에 그대는 누구를 생각하세요
잠이 들면 그대는 무슨 꿈 꾸시나요
깊은 밤에 홀로 깨어 눈물 흘린 적 없나요
때로는 일기장에 내 얘기도 쓰시나요
나를 만나 행복했나요
나의 사랑을 믿나요
그대 생각하다 보면 모든 게 궁금해요

하루 중에서 내 생각 얼만큼 많이 하나요
내가 정말 그대의 마음에 드시나요
참새처럼 떠들어도 여전히 귀여운가요
바쁠 때 전화해도 내 목소리 반갑나요
내가 많이 어여쁜가요
진정 날 사랑하나요
난 정말 알고 싶어요
얘기를 해주세요

유열 씨의 리즈 시절.
보기만 해도 금방 친해지는 유쾌한 청년이었다.

9

괜찮아 나는

유열 씨가 새 앨범 연습을 하기 위해 기타를 든 또래 남자와 함께 왔다.
나는 악보를 세 벌 복사해서 작곡가와 내방한 두 남자에게 한 장씩 나누어 주었다.
선생님 앞에서 정확하게 연습한 다음 기타맨과 둘이서 따로 열심히 익힐 작정인 것 같았다.
기타맨은 초견으로도 연주가 가능한 선수였으나 웬일인지 악보에서 시선을 떼지 못한 채 그냥 있다.
김 선생님이 기타맨을 보았다.
그 시선에 유열 씨가 기타맨을 툭 쳤다.

그러자 기타맨이 한 손을 들어 잠깐 기다리라는 시늉을 했다.
그리곤 짧게 한숨을 쉬었다.
"왜애?"
유열 씨가 물었다.
"이 가사는 예사롭지가 않은데?"
하마터면 나는 찻잔을 떨어뜨릴 뻔했다.

한국 수묵추상의 거장 '산정 서세옥' 화가께서 이런 글을 쓰신 적이 있다.
'꺼뻑 엎어지면서 알아주는 이를 기다리노라.'
세상이 알아주는 화가여도 산정 선생은 꺼뻑 엎어지는 사람이 그리운 것이다.
백아가 종자기를 그리듯이 모든 분야가 다 그럴 것이다.
사람이 사람을 알아준다는 것이 얼마나 큰 기쁨인가.
가수 중에는 노랫말의 가치를 금방 알아보는 이가 몇 안 된다.
곡을 부탁할 때 보면 거의 사랑의 미로 같은 노래 써주세요, 립스틱 같은 노래 써주세요 한다. 그때마다 김 선생님은 “그건 그 노래 한 곡으로 됐고 그것과는 다른 노래를 한번 불러봅시다.”

그럼 가수는 금방 낯설어하고 두려워한다.

그리고 금 대신 다이아몬드를 쥐여줘도 금은방에 가보기 전에는 그 가치를 모른다.

금은방이라 함은 세상의 반응을 얘기한다.

그때마다 김 선생님은 어떤지 모르겠는데 나는 참 외롭다.

그런데 지금 이 기타맨이 뭔가 알아주는 소리를 하고 있지 않은가.

나는 가슴이 쿵쾅거려서 얼른 구석으로 숨어 버렸다.

이 기타맨은 우리나라 제2의 애국가로도 손색이 없는 ‘아 대한민국’을 정수라와 함께 부른 장재현 씨다.

처음엔 이 노래를 듀엣으로 불렀는데 무슨 사연인지 곧바로 정수라 혼자 노래하는 것으로 레코드가 발매되었다.

알아주어야 할 사람이 장재현 씨를 알아주지 않은 것 같다.

나는 장재현 씨가 음악 작업에 대해 프로포즈하면 언제든 함께할 생각으로 기다렸으나 그날 이후 지나가는 풍문으로도 그를 대할 길이 없었다.

특별히 이 노래 가사가 뛰어난 것은 아니지만 하고자 하는 얘기의 핵심을 알아준 그가 그렇게 고마울 수가 없다.

유열 씨는 이 노래의 느낌과 싱크로율이 최적화되어 있다. 훈남 대학생 같은 풋풋한 그의 목소리가 첫사랑처럼 애틋하다.

♬ 괜찮아 나는

QR코드를 스캔하여 음악 듣기

괜찮아 나는

유열

나에게 다가오던
그날의 너를 기억하지
경인선 막차를 기다리며
나누었던 얘기들도
사랑한 적 없다고 하니
그런 줄 알아야지
떠나는 너보다도
마지막 말이 서러워
괜찮아 나는 우는 게 아니야
떠나서 행복하다면
살면서 잃는 것이
어디 우리 사랑뿐이겠니

'사랑의 기도'가 담긴 김진영의 앨범.

10

사랑의 기도

김진영 씨는 김희갑 악단의 마지막 보컬이었다.
'꽃순이를 아시나요'로 김국환을 솔로 가수로 독립시키고, 그다음 '사랑의 미로'로 최진희를 독립시킨 후, 그 빈 자리 보컬로 온 사람이 김진영 씨였다.
'별이 빛나는 밤에' 디스크쟈키로 유명한 이종환 씨 추천이었는데 김진영 독립 체제가 채 여물기도 전 김희갑 씨는 돌연 악단을 해체했다.
작곡에만 전념할 생각이라고 했다. 악단 멤버들은 제각기 살길을 찾아 떠났는데, 김진영 씨는 그냥 선생님 곁에 머물렀다.

85년 내가 쓸 드라마의 주제가 때문에 만났을 때도 그는 선생님 곁에 있었는데 흡사 아버지를 아버지라고 부르지 못해 선생님이라 부르는 아들 같았다.
그리고 그는 몹시 샤이한 사람이었다.
말도 없고 매사 쑥스러워하고 수줍음을 탔다.
저런 성격으로도 가수가 될 수 있나? 혼자 의문을 가지고 있었는데, 어느 날 그가 일하는 클럽에 갔다가 기절하는 줄 알았다.
무대에 나와 노래하는 그는 여태 보아왔던 그가 아니었다.
갑자기 무슨 신내림이라도 받은 듯이 그 자신의 아우라로 무대를 가득 채우는 것이었다.
완전 반전이었다.
평소의 모습과 무대 위의 모습이 놀랠 노짜로 달라지는 여왕이 윤시내 씨라면, 김진영 씨는 단연 킹이었다.

김진영 씨의 앨범 작업이 시작되었다.
그는 달콤하게 굴러가는 목소리가 아니다.
그냥 진실한 목소리다.
그 목소리로 사랑의 기도를 녹음할 때, 그 노래는 듣는 사

북한산 마니아였던 선생님이 가자 하면 가고 또 가자 하면 또 가고.
김진영 씨는 김희갑 선생님을 따라 무수히 북한산 승가사 길을 오르내렸다.

람의 가슴을 파고드는 간절하고도 간절한 기도 그 자체였다.
유례없는 장사꾼의 귀를 가졌다는 지구 레코드사 임정수 사장님이 엄지척을 해 보였다. 보증수표 한 장을 받은 것이나 진배없는 일이었다.
레코드가 발매되고 서서히 물이 끓기 시작할 무렵, 그는 돌연 아버지의 손에 멱살을 잡힌 채 일본으로 강제 이송됐다.
그동안 가수 활동을 반대하던 아버지를 용케 피해 다니다가 결정적인 순간에 목덜미를 붙잡힌 것이다.
그의 아버지 입장에서는 밥도 떡도 안 되는 장남의 한량 놀음을 더 이상 방치할 수 없었던 것 같다.
그는 날개를 꺾인 채 오랫동안 힘들어하다가 마침내 아버지의 뜻에 따르기로 했다.
그리고 지금은 오디오 관련으로 성공한 사업가가 되었다.
그러나 젊은 날의 못 이룬 꿈에 대해 그는 늘 목이 마르다.

영국 시인 토머스 그레이의 「시골 묘지에서 읊은 만가」에 이런 묘비 구절이 있다.

'이 무덤에 묻힌 이가 셰익스피어인지 누가 알랴.'

셰익스피어와 같은 천부적인 재능을 가진 사람이 그것을 드러낼 기회를 얻지 못해 시골구석에서 그냥 죽었을 수도 있다는 얘기다.

천부적인 소질은 하늘이 결정하는 것이고, 기회 역시 우리가 어떻게 해볼 수 있는 것이 아니다.

자신의 꿈을 이루는 데 있어서 흔히 운칠기삼이라 하는데 나는 운칠복삼이라 생각한다.

♬ 사랑의 기도

QR코드를 스캔하여 음악 듣기

사랑의 기도

김진영

천상에 계신이여 나의 기도 들어 주소서
그 사람을 사랑하니 그이를 내게 주소서
이 내 마음 진실하니 이 내 사랑 믿으소서
그이의 불행한 모든 허물을
목숨 다 바쳐 사랑하리니
도와주소서
아직은 어둠 속에 울고 있나이다

나에게 무슨 일이 생겼는지 굽어보소서
내 가슴엔 그 사람의 이름만 가득합니다
사랑으로 생긴 슬픔 내 것으로 받으리니
사랑을 맹세한 내 입술로는
세상 누구도 허물치 않으리
간청하오니
소중한 인연으로 살게 하옵소서

11

그 겨울의 찻집

이 이야기의 시작은 전혀 재미있지 않다.
점심을 먹으면서 두 남자는 반찬으로 나온 나물을 두고 가죽나물이다, 개가죽나물이다로 논쟁을 하고 있었다.
그냥 가죽나물이라고 해도 이름이 별론데 한술 더 떠 개가죽나물은 또 뭔가.
젓가락을 놓았다.
다음 달에 들어갈 드라마 얘기를 나누기 위해 만났는데, 식사 후 경복궁을 산책하면서도 드라마 얘기는 아직 한 마디도 나오지 않았다.
다원이라는 찻집이 보이는 어느 지점에서 두 남자가 나무

'그 겨울의 찻집' 악보.

作詩
作曲
編曲

하나를 가리키며 멈춰 섰다.
저게 개가죽나무라고.
나는 근처 돌팍에 앉았다.
나는 어릴 적부터 자발적 왕따의 소질이 있어, 여럿이 있으면서도 혼자 있는 법을 안다.
그렇게 다원 찻집을 바라보며 혼자 왕따하다가 돌아왔다.
돌아와서 두 사람은 경복궁에 현장 답사를 갔다 왔다고 했다.
역사물도 아니고, 사건 다큐도 아닌 그냥 멜로에 무슨 답사. 그래도 그들이 답사라고 말하며 즐거워하므로 그 기분을 망가뜨리진 않았다.
때때로 답사 장소가 덕수궁으로 바뀌길래 경복궁이었다고 수정만 했다.
'그 겨울의 찻집'은 그렇게 왕따의 시간에 만들어졌다.

녹음실.
조용필 씨가 노래했다.
"아름다운 재…"
황급히 버튼을 눌렀다.

"아니 아니 재가 아니고 죄!"

그러나 계속 재, 재, 한다.

조용필 씨가 화성 사람이라 오이 발음이 안 되는 건가, 내가 부산 사람이라 바담풍하고 있는 건가.

내가 자꾸 버튼을 누르자 그도 성질이 났는지 이번엔 노골적으로 재! 한다.

아고 무셔라…. 녹음실을 나왔다.

내가 녹음실을 나가버리자 그도 심했다 싶었는지, 죄에 가깝게 발음하려고 노력하면서 노래는 끝났다.

30여 년의 세월이 지난 지금 가만 생각하니 조용필 씨가 맞다.

사랑은 아름다운 죄가 아니라 아름다운 재….

세월의 먼지처럼 날아가 버리는 아름다운 재일 뿐이지.

노래는 살아있는 생명이다.

불러주는 이가 있어 심장이 뛰며 나무처럼 키가 크고 꽃을 피운다.

조용필의 '그 겨울의 찻집'은 오래도록 사랑받았다. 3백

살 먹은 소나무마냥 뿌리가 깊어지고 마을의 수호나무 같은 신령스러움이 느껴질 때 정동원의 '그 겨울의 찻집'을 들었다. 화분 같았다. 품에 안고 싶은 여린 나무가 참으로 어여뻤다.

그 어떤 시대도 지금처럼 변화의 폭과 속도가 빠르지 않았다. 세대 간의 격차가 점점 커지다 못해 단절이 일어나고 있는 요즘.
'그 겨울의 찻집'을 들으며 세대 공감을 이룰 수 있는 것은 오직 노래라는 것을 새삼 느낀다.

♬ 그 겨울의 찻집 - 조용필 Ver
QR코드를 스캔하여 음악 듣기

♬ 그 겨울의 찻집 - 정동원 Ver
QR코드를 스캔하여 음악 듣기

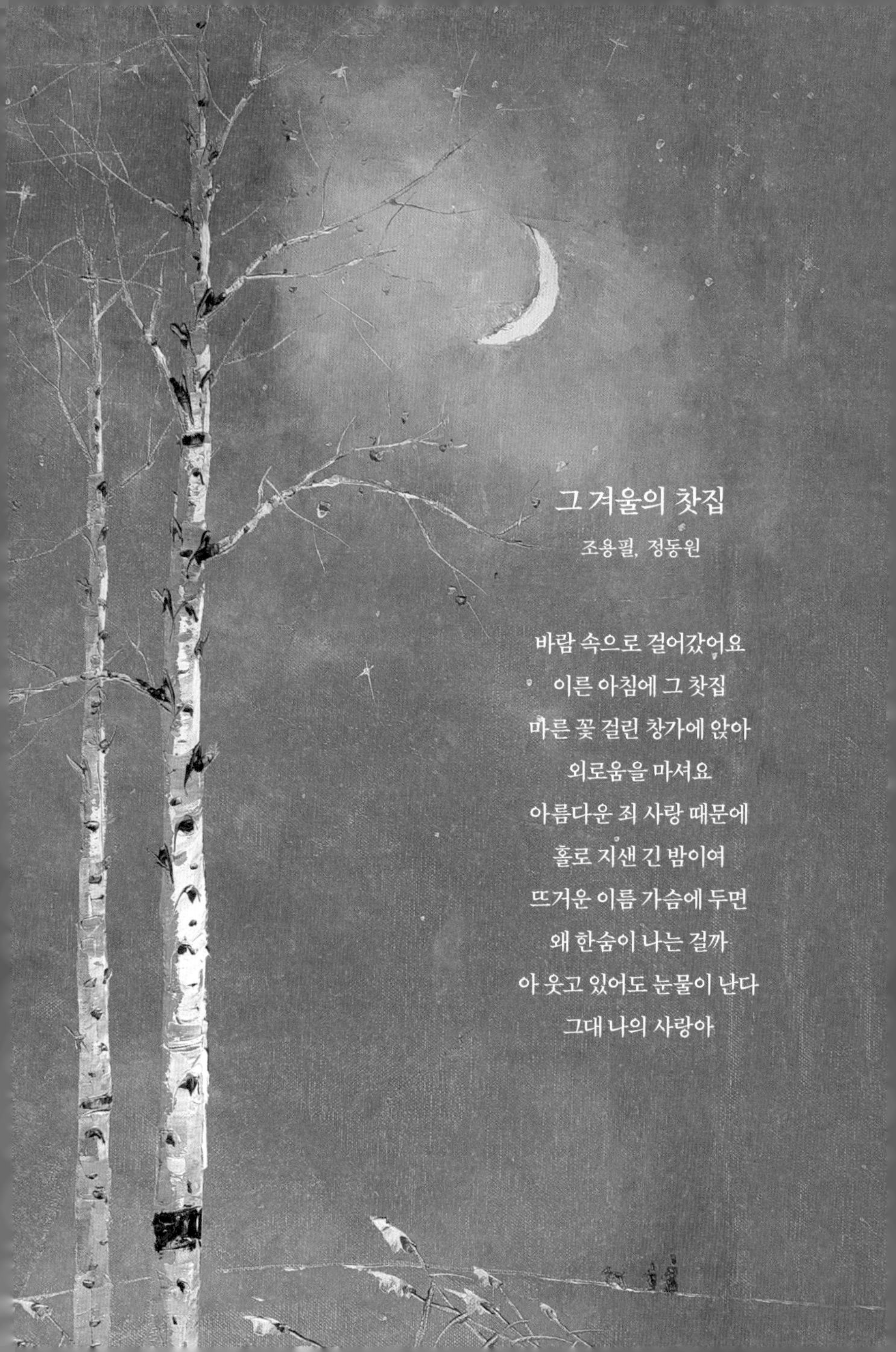

그 겨울의 찻집

조용필, 정동원

바람 속으로 걸어갔어요
이른 아침에 그 찻집
마른 꽃 걸린 창가에 앉아
외로움을 마셔요
아름다운 죄 사랑 때문에
홀로 지샌 긴 밤이여
뜨거운 이름 가슴에 두면
왜 한숨이 나는 걸까
아 웃고 있어도 눈물이 난다
그대 나의 사랑아

멜버른에 있는 지인 존의 주방.
김희갑 씨의 일품요리 스끼야끼를 만들고 있는 중.
남의 집 주방이라 조심조심. 접시는 깨지 않았다.

12

우리도 접시를 깨뜨리자

스페인에서 남자들도 부엌일에 동참시키자는 캠페인이 한창이라는 기사를 읽고 스페인 남자만 그럴 게 아니라 우리네 남자도 동참시켜 주자 해서 신바람을 내며 만든 노래,
멜로디 마지막에 반드시 이제부터 접시를 깨뜨리자가 들어가야 하므로 4, 3, 4로 만들어 달라고 작곡가에게 주문을 해서 만들었다.

김국환 씨는 '타타타'로 어찌나 바쁜지 가끔 숨은 쉬고 사냐고 물어보기도 했는데,

'타타타'의 열기가 아직 남아있는 상태에서 '우리도 접시를 깨뜨리자'가 다시 달아올랐다.
너도 돈만 많으면 재벌이야. 너도 히트곡만 있으면 인기가수야.
가끔씩 작곡가와 가수는 이런 고릿적 개그로 무한 즐거워했다.

세탁기 광고 개사동의서가 왔다.
'자 이제부터 빨래를 하자.' 이렇게 가사를 바꿔도 되겠느냐고.
되고 말고요. 빨래뿐입니까. 밥도 하시고 청소도 하시고…. 줄줄이 바랬는데 빨래에 선점을 당해서인지 밥솥과 청소기는 침묵했다.

방송국에서 전화가 왔다.
김희갑 선생님이 집에서 설거지를 도와주냐고.
나는 전업주부가 아니라 집에 도우미 아주머니가 계신다.
그래서 설거지는 나도 안 하는데 그가 할 리 있겠느냐.
그럼 한 번도 도와준 적이 없느냐, 방 청소는 해주냐, 아무것도 안 해주냐.
치열한 경쟁을 뚫고 방송국에 입사한 재원이 이런 바보 같은 질문을 해대는 데는 이유가 있다.
바보 같다는 생각으로 방심하게 만들어서 자기들이 원하는 대답을 얻고자 함이다.
집안일 돕고 안 돕고가 체통과 관계된 지 이미 오래고 쉬쉬거리며 해야 할 얘기도 아닌 터에 자꾸 그런 식으로 물어대는 눈치가 뻔해서 "왜요, 우리 김 선생 설거지 시키고 싶어요?" 물으니 초등학생처럼 "네." 하는 대답이 돌아왔다.
그들이 왔다.
지금 같으면 설거지 장면 정도야 핸드폰으로 찍어가도 그만일 테지만 30년 전만 해도 블록버스터 영화 찍는 장비들이 다 온 것 같았다.
아줌마가 깨끗이 씻어 놓은 접시를 다시 꺼내 싱크대에 엎치락뒤치락 해놓고 김 선생이 설거지를 시작했다.
카메라가 잠시 돌아가는 듯하더니 이번엔 접시를 깨라고 한다.
우리가 아차 하는 순간 그릇을 깨는 적은 더러 있지만 일부러는 잘 깨지지 않는다는 걸 이때 처음 알았다.

게다가 바닥은 카펫이 깔려 있었다. 결국은 집어던져서 깨졌는데 집어던지는 건 마법의 편집으로 커버되었다.

얼마 전 헬스장에서 운동을 하다가 불현듯 그때 접시 던지던 생각이 나 푹하고 웃음을 터뜨렸다.
트레이너가 내게 시범 동작을 보이던 중이라 이 웃음은 오해를 살 만한 대단히 무례한 행동이었다.
운동 중에 딴생각하고 있었던 것까지 따블로 죄송해서 어버버버 변명을 했다.
추석이 와서요…. 접시 생각이 나서요, 쿡쿡…. 이렇고 저렇고 쿡쿡…. 던지고 쿡쿡…. 깨지고 쿡쿡….
별수 없이 선생님도 웃었다.
"그 노래 제가 중학생 때 듣던 노래예요."

♬ 우리도 접시를 깨뜨리자

QR코드를 스캔하여 음악 듣기

우리도 접시를 깨뜨리자

김국환

자 그녀에게
시간을 주자
저야 놀든 쉬든
잠자든 상관 말고

거울 볼 시간
시간을 주자
그녀에게도
시간은 필요하지

앞치마를 질끈 동여매고
부엌으로 가서 놀자
아항~
그건 바로 내 사랑의 장점
그녀의 일을 나도 하는 건
필수감각 아니겠어
그거야

자 이제부터
접시를 깨자
접시 깬다고
세상이 깨어지나
자 이제부터
접시를 깨뜨리자

팔라우. 그 땡볕에 허구한 날 반바지로 노니다가
제대로 바비큐가 된 허벅지 때문에 낮밤으로 끙끙 앓던 이동원 씨.

(13)

난 그렇더라

주말만 되면 외곽도로가 왜 막히는지 아십니까?

그야 뭐 놀러 나가는 사람들….

그럼 왜들 놀러 가는지 아십니까?

그냥 놀러 가고 싶으니까.

그냥이 아닙니다.

여기엔 필사적인 이유가 있습니다.

다들 살기 위해서 그러는 겁니다.

그러면서 강사는 여러 가지 수치를 들이대며 산소와 호흡과 뇌와 심장의 역학 관계를 설명하고는 그래서 본능적으로 살겠다고 야외로 나가는 거예요….

그랬나 보다.
지금 청명산 자락에 살면서부터는 아무 데도 가고 싶지가 않은데 그전에는 주말이 뭐냐. 작은 틈만 나도 팔도강산을 헤매고 다녔다.
그게 살기 위해서였나 어쨌든 돌아오는 길은 늘 석양이었다.
햇빛을 정면으로 받으며 밀리는 차 속에서 오랜 시간을 있다 보면 이건 결코 살기 위해서가 아니라 쌩고생을 하려고 몸부림치고 있음이 백번 맞다.
석양이 이울고 산천의 능선이 감성적으로 변하기 시작한다.
개와 늑대를 구별하기 어려운 저물녘의 어스름….

"여보 이런 시간을 개와 늑대의 시간이라고 한대. 개와 늑대를 구별하기 어렵다고."
"환한 대낮에도 난 구별 못 해. 늑대를 봤어야 말이지."
"근데 있지. 난 이런 시간 길에 있으면 왜 그렇게 내가 불쌍하지?"
"자, 자 차들아 가자. 불쌍한 아, 집에 빨리 가자 칸다."

이동원 씨는 이 노래를 참 좋아했다.
아직 판이 나오기도 전인데 가을인가 하는 술집에 가서 이 노래를 자청해서 불렀다고 한다.
그러자 소설가 김주영 씨가 노래 끝난 그를 불러 술 한잔을 권하면서 그게 무슨 노래요? 하고 물었다.
아직 연습 중인 노래인데요, 하며 누가 썼고 언제 판이 나올 거고 하며 자랑을 했다.
양인자가 썼다고?

김주영 씨는 나와 동문이다.
아는 이름이어서 반갑긴 했겠으나 동원 씨가 보여주는 가사를 보면서 흡사 흥남부두에서 헤어진 금순이를 생각하듯한 얼굴이었다 한다.
금순이….
헤어진 오라버니도 없는데 갑자기 내 가슴이 아릿해졌다.
아마도 서로가 살아온 세월이 느껴져서 일 것이다.

♬ 난 그렇더라
QR코드를 스캔하여 음악 듣기

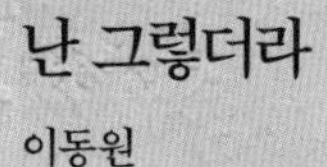

난 그렇더라

이동원

난 그렇더라
땅거미가 지는 시간 길에 있으면
오갈 데 없는 사람처럼 막막하더라
난 그렇더라
여행을 하다보면 내가 얼마나 하찮은지
그것만 알게 되더라
난 그렇더라
앞만 보며 살다가 문득 뒤돌아보니
부끄러움과 노여움이
뒤통수를 갈기고 지나가더라 음~
난 그렇더라
절망을 말하면 절망이 되고
소망을 말하면 소망이 되지만
사랑을 말하면 눈물이 되더라

'사랑이 무량하오' 녹음 중.
음… 이렇게 해맑게 웃고 있을 노래가 아닌데….
주어도 받아도 무량한 얼굴이 이런 얼굴인가?

14

사랑이 무량하오

책에는 없지만 이른바 황진이 사건이라는 게 있었다.
요약하면 양인자의 '알고 싶어요'가 황진이의 한시를 줘베꼈다는 표절 논란이다.
소설 『토정비결』의 작가로 유명한 이재운 씨가 당시 조선일보에 『청사홍사』를 연재하고 있었는데, 옛 시대의 인물을 깨워 새로운 해석으로 흥미를 더하는 글이었다.
거기에 황진이가 나오고 정든 님 보내기 싫어 아름다운 시 한 수로 꼬시는 장면이 있었다.
그 시에 '알고 싶어요'를 사용했다.
한자 문화권에 실력 있는 이재운 씨답게 한문으로 번역했다.

2004년도 주현미 씨 송년 콘서트에 게스트로 나온 케빈육 씨.
두 사람은 '사랑이 무량하오'로 객석을 뒤집어 놓았다.

나는 앞날을 예견 못 하고 아, 재미있어라, 했다.
그런데 자고 일어났더니 얘기가 이상해져 있었다.
시대적으로 볼 때 황진이가 양인자를 베낄 수는 없는 것 아닌가.
베꼈다면 당연히 후세에 태어난 양인자가 베꼈지.
황진이가 남긴 시 중에 그런 시가 없는 것은 물론이지만, 설사 어떻게 새로이 발굴이 되었다 하더라도 나는 그 그림 같은 한시를 읽을 줄도 모른다.
사실추이를 끝낸 다음 애초 북치고 꽹과리 치며 이 소란을 제공한 금 모 씨는 백방으로 사과하고 정정했지만, 희한하게도 사람들은 표절의 소문만 좋아했다.
뿅망치로 두더지를 쳐도 쳐도 두더지는 계속 고개를 쳐들었다.

마침내 나는 이 사건을 재해석하기로 했다.
필시 이것은 내 전생이 황진이였기 때문에 일어난 일일 것이다.
조으네. 황진이.
이젠 내가 그때로 돌아가 보자.

정든 님 좋아라 좋아라 하던 그 시간의 노래를 한번 불러 보자.

이 노래를 연습하는 동안 나는 주현미의 목소리에 황진이가 들어있음을 느꼈고 케빈육의 맑고 듬직한 목소리에서 소세양의 풍모를 느꼈다.
두 사람 목소리의 어울림이 어쩌면 이리도 좋으냐.

♬ 사랑이 무량하오

QR코드를 스캔하여 음악 듣기

사랑이 무량하오

주현미, 케빈육

바람에 몸 맡기고 꽃잎 날리오
내 몸도 맡기고 날아볼라요
내 몸도 따라서 날아볼라요
불꽃에 폭죽 터지는 소리
들어보오
주어도 받아도 무량하오
사랑 사랑 사랑 사랑

그대 가슴에 파고 들어가
그리움이 될라요
별이로다 꽃이로다 그대와 나
음~ 내 사랑아 음~ 내 사랑아
허허바다 세상에서
우리 어찌 만났을꼬
꿈같아라 우리
어찌 휘감겼을꼬

하늘에 몸 맡기고 냇물 흐르오
내 몸도 맡기고 흘러 볼라요
내 몸도 따라서 흘러 볼라요
찻꽃향기 품고
그대에게 흘러 갈라요

흐르는 물처럼 끝이 없네
사랑 사랑 사랑 사랑
그대 가슴에 파고 들어가
그리움이 될라요
별이로다 꽃이로다 그대와 나

음~ 내 사랑아 음~ 내 사랑아
허허바다 세상에서
우리 어찌 만났을꼬
꿈같아라 우리
어찌 휘감겼을꼬

모스크바에서 소프라노 엘레나 슈코르니코바와 '말렝카' 연습 장면.

15

말렝카

러시아 여자 이름 하나를 짓기 위해 여러 날 고심했다.
우아하고 영리한 느낌을 주는 이름. 죄가 될 사랑에 빠져 아픈 이별을 할 수밖에 없는 슬프고 아름다운 여자 이름.
흔하지 않으면서 러시아가 느껴지는 이름.
러시아 문학 전집을 다 뒤져도 그런 이름은 찾을 수가 없었다.
그러다 문득 생각나는 영화가 하나 있었다.
러시아 마지막 황녀 이름인 잉그리드 버그만 주연의 '아나스타샤'
아무도 인정해 주지 않는 아나스타샤를 가족끼리 부르던

이름으로 할머니가 "말렝카" 하고 불렀을 때 왈칵 눈물이 쏟아졌던 기억이 뇌리를 스쳤다.
그러나 정작 모스크바에 가서 그 노래를 녹음하려 하니 그곳 사람들은 한결같이 러시아에는 그런 이름이 없다지 뭔가.
이미 그 이름에 마음을 다 쏟아버린 나는 단호히 결단을 내렸다.
부르면 이름이다.

미처 못한 이야기가 울고 있네.
이별 앞에 아무 말 소용없지만 눈으로 알아버린 우리들의 죄
살아서 더는 못 만날 아름다운 말렝카.

이 노래의 피처링은 엘레나 슈코르니코바로 모스크바의 유명한 성악가이며 이 앨범을 진두지휘한 알렉산더 미하일로프의 아내이기도 했다.
예스 노도 통하지 않던 시절, 그녀가 한국어를 짧은 시간 안에 익히는 건 무리였다.
그리고 성악가가 구음만으로 가수처럼 섬세한 감정 표현

1991년, 모스크바 국립방송국 앞에서.

을 하는 것도 불가했다.
결국 이동원 씨만 통한의 심정을 쏟아내고 엘레나는 소리만 지르는 양상이 됐다.
두고두고 아쉽다.

우리 일행이 도착했던 1991년 10월 26일 모스크바에는 눈이 내렸다.
답사차 들른 지난여름의 무더위는 간 곳 없고 짱짱한 겨울 추위 속에서 비로소 모스크바 정취가 드러났다.
회색빛 하늘, 회색빛 건물, 회색빛 코트, 쌓인 눈 위로 겹겹이 내리는 눈.
문학 속에서 친숙해진 러시아의 겨울이 현실에서는 어느 한구석 마음 붙일 데 없이 어둡고 삭막할 뿐이었다.
좋은 사람끼리 얼굴 마주 보고 따뜻한 차 한잔 나눌 데 없는 도시에서 뭔가 허전하고 쓸쓸한 마음으로 새우처럼 웅크리고 잠든 첫날이었다.
이른 아침 장을 보러 간 사진작가 김영갑 씨가 장바구니 말고도 등 뒤에 감춰온 장미꽃 한 송이를 불쑥 내밀었다.
그때 이곳에도 많은 사람이 이런 일들로 감동하며 살겠

구나, 하고 생각했다.

세월이 지난 지금 모스크바도 많이 변했을 것이다. 세상이 바뀌면서 그곳 사람들 역시 변했을지 모르겠다. 그때의 지휘자 미하일로프와 가수 이동원 씨. 장미꽃을 건네주던 김영갑 씨가 이 세상에 없는 것처럼.

자작나무 숲에 부는 바람 소리 세상이 알아듣지 못하더라도
사랑을 눈물로 나눠 가지던 아, 우리가 어찌 모르리.

♬ 말렝카

QR코드를 스캔하여 음악 듣기

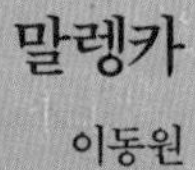

말렝카

이동원

미처 못한 이야기가 울고 있네
이별 앞에 아무 말 소용없지만
눈으로 알아버린 우리들의 죄
아 살아서 더는 못 만날
아름다운 말렝카 오 말렝카
눈물 속에 내 마음도 젖고
장미도 젖었네
사랑해 그대를 사랑해
못 잊어 그대를 못 잊어

그대여 그대여 사랑해
그대여 그대여 사랑해
자작나무 숲에 부는 바람 소리
세상이 알아듣지 못하더라도
사랑을 눈물로 나눠 가지던
우리가 어찌 모르리
그대여 그대여 사랑해
그대여 그대여 사랑해

더스비 다냐 더스비 다냐
내 사랑 내 사랑
내 사랑 안녕 안녕 안녕

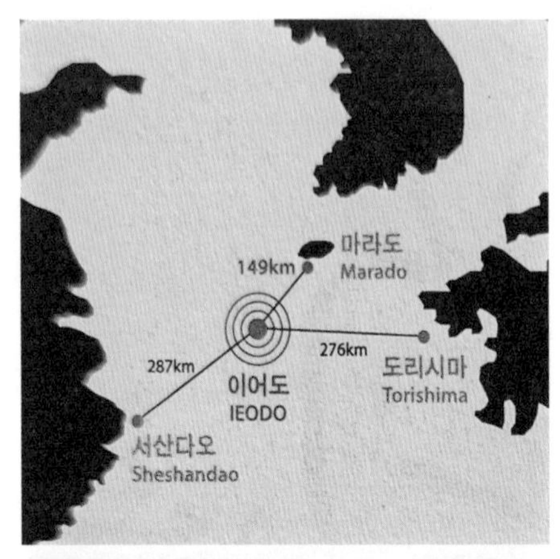

▲ 대한민국 이어도의 지리적 위치.
▼ 이어도연구회 이사장 고충석 박사.

16

이어도

제주대학 총장이셨고 이어도연구회 이사장이신 고충석 박사님께서 친히 나를 만나러 오셨다.
그리고 거의 4시간에 걸쳐 이어도 강의를 해주셨다.
요약하면 다음과 같다.
아득한 남쪽 그곳에 섬이 있다.
그 섬은 눈에 보이기도 하고 안 보이기도 한다.
오늘날 해양과학기지가 들어서 있어 훌륭한 표식이 되고 있지만 본디 물속에 잠겨 수중 암초로 존재해 왔다.
우리는 그곳을 이어도라 부른다.
우리가 그 수중 암초를 이어도로 명명하기 전까지 이어도

2013년, 이어도연구회 고충석 박사님의 추진으로 만들어진 이어도 앨범.

는 그저 상상의 섬이었다.
해양과학기지가 위치한 그곳을 이어도로 확정 지었을 때 이제 이상형으로서의 이어도는 실체로서의 이어도로 자기 위상을 굳히기 시작하였다.
고충석 박사님이 일면식도 없는 내게 이 강의를 해주러 오셨겠는가.
소중한 해양 영토 이어도를 우리 손으로 지키기 위해 이어도 노래를 만들어 여러분께 바치고자 함이라 말씀하셨다.
우리 땅을 우리가 굳이 지키자고 새삼 강조함에는 이유가 있다.
이어도는 마라도에서 149km, 중국에서 287km, 일본에서 276km 떨어져 있는 해역이라 강한 나라가 틈만 나면 강한 입김을 내뿜고 있기 때문이다.

아버지(김성록)가 아들(김호중)에게 말한다.
이 땅은 네가 지키고 나아가야 할 땅이다.
너무 엄숙하기만 하면 재미없다. 김국환 씨가 이어도를 그냥 연인으로 만들어 버린다.

그래서 가곡과 가요가 함께 탄생했다.

애국심으로 들어주기 바란다.

♬ 이어도

QR코드를 스캔하여 음악 듣기

♬ 이어도가 답하기를

QR코드를 스캔하여 음악 듣기

이어도

김성록, 김호중

아득한 바다 바다 저 멀리
우리의 터전 펼쳐지는 곳
먼바다. 푸른 물여울 바람으로 불어와
나아가라 나아가라 갈길을 일러주네
어둡고 막막한 세상살이
가슴에 불씨 꺼질 때
눈을 들어 보기만 해도
길 하나를 보여주는 이어도 이어도
파도가 잠들지 않고 용솟음치는 것은
내 님이 바로 그곳에 계시기 때문이지
이어도 사나 이어도 사나 이어도 사나
그대 그대 그대 이어도

이어도가 답하기를

김국환

너를 불러보았다 이어도
그리워서 불렀다 이어도
한라산이 열리면서
바다 속에 숨겨 놓은 연인
마라도 남남서쪽 일백사십구 킬로
4미터 물속 아래
숨바꼭질하는 그대
오늘도 안녕하신가 루루루루

너를 불러보았다 이어도
그리워서 불렀다 이어도
파도가 밀려와 그대 말을 전한다
무사마시 무사마시
무사마시 무사마시
난 언제나 여기 있어요
난 언제나 당신의 것이예요

무사마시: 왜 그러세요 (제주도 방언)

▲ 작곡가 김희갑 씨와 가수 김정주 씨.
▼ 김정주의 앨범.

17

가을 이야기

거울아 거울아 이 세상에서 제일 복 많은 사람이 누구냐?
나는 거울이 아니지만 대답할 수 있다.
가수 김정주 씨라고.
그는 노래 말고는 할 줄 아는 게 없다.
냉장고에 있는 물도 못 꺼내 마신다.
그런데도 그는 아내에게 공경을 받고 산다.
이유를 모르겠다.
하루는 일손이 너무 바빠 아내가 감자 좀 깎아달라고 감자 몇 알과 칼을 놓고 갔다.
한참 후에 와보니 칼을 쥔 채 그냥 감자만 보고 있다.

아직 안 깎았어요?
이거 어떻게 깎는 거지?
이런 사람을 그 아내는 사랑한다.
이유를 모르겠다.
고향 바다가 그리워서 멀리 바다가 보이는 강화도 어디에 꿈의 텃밭을 하나 만들었다.
여보, 옆집에 가서 호미 좀 빌려와 풀 좀 뽑아.
이장 댁에 잠시 다녀온다며 나간 그 사람은 아내가 텃밭의 풀을 다 맬 때까지 돌아오지 않았다.
이런 사람을 그 아내는 웃으며 쳐다본다.
이유를 모르겠다.
혹자는 생각할 것이다.
남자가 돈이 많은 모양이지. 엄청 잘생긴 모양이지.
그대가 무엇을 생각하든 다 아니다.
그럼 아내가 미련퉁이거나 박색인 모양이다. 그것도 아니다.
그의 아내는 도미의 아내 아랑이 환생한 모습이다.
그럼 왜?
그러니까.
김정주 씨는 전생에 복을 지어도 크게 지은 사람이 틀림

없다.

하여튼 복 많은 이 양반도 젊은 시절 놓쳐버린 꿈이 있어 그 꿈을 이루고자 김희갑 선생님을 찾아왔다.
선생님이 말씀하셨다.
"지금부터 우리, 산에 좀 다닙시다. 여기서 조금만 올라가면 승가사라는 절이 있는데 거기까지만이라도 다닙시다."
말이 쉬워서 조금만 올라가면이지 승가사까지 가는 길이 그리 만만한 곳이 아니다.
그런데 그는 생각 외로 우직하게 새벽마다 선생님과 산에 올랐다.
아, 하나 빠뜨렸다. 그에게 뛰어난 점이 하나 있는데, 그건 그가 어머니에게 가지는 지극한 효심이다.
승가사 입구에는 약수터가 있다. 그는 승가사에서 이 약수를 길어 아침마다 어머니께 갖다 바쳤다.
그 효성으로 어머니는 오래오래 사셨다.
그런데 승가사에 가서 약수만 길어 오는 게 아니라 큰 나무 하나를 골라 육중한 자기 몸을 텅텅 부딪치는 일도 했다.
"그러다 그 나무 죽어."

"나무가 왜 죽습니까? 이렇게 하는 운동이 있습니다."
춘하추동이 지나가고 다음 해 봄이 왔다.
다른 나무에는 다들 파릇파릇 새싹이 돋는데 텅치기 당한 나무는 겨울나무 그대로 우중충하다.
"저것 봐. 죽었잖아."
"아닙니다. 잎이 늦게 나는 나무가 있습니다."
그 봄, 이사를 가는 바람에 그 나무에 늦게라도 잎이 돋았는지 안 돋았는지는 모른다.
그러나 지금도 술 한잔하면 김 선생은 말한다.
"그 나무 그렇게 텅텅 치더니 결국 죽이고…."
그러면 그는 "그럴 리가요. 지금 잘 살아있을 겁니다." 한다.
복 많은 사람은 생각도 복 있게 하는 모양이다.

♬ 가을 이야기
QR코드를 스캔하여 음악 듣기

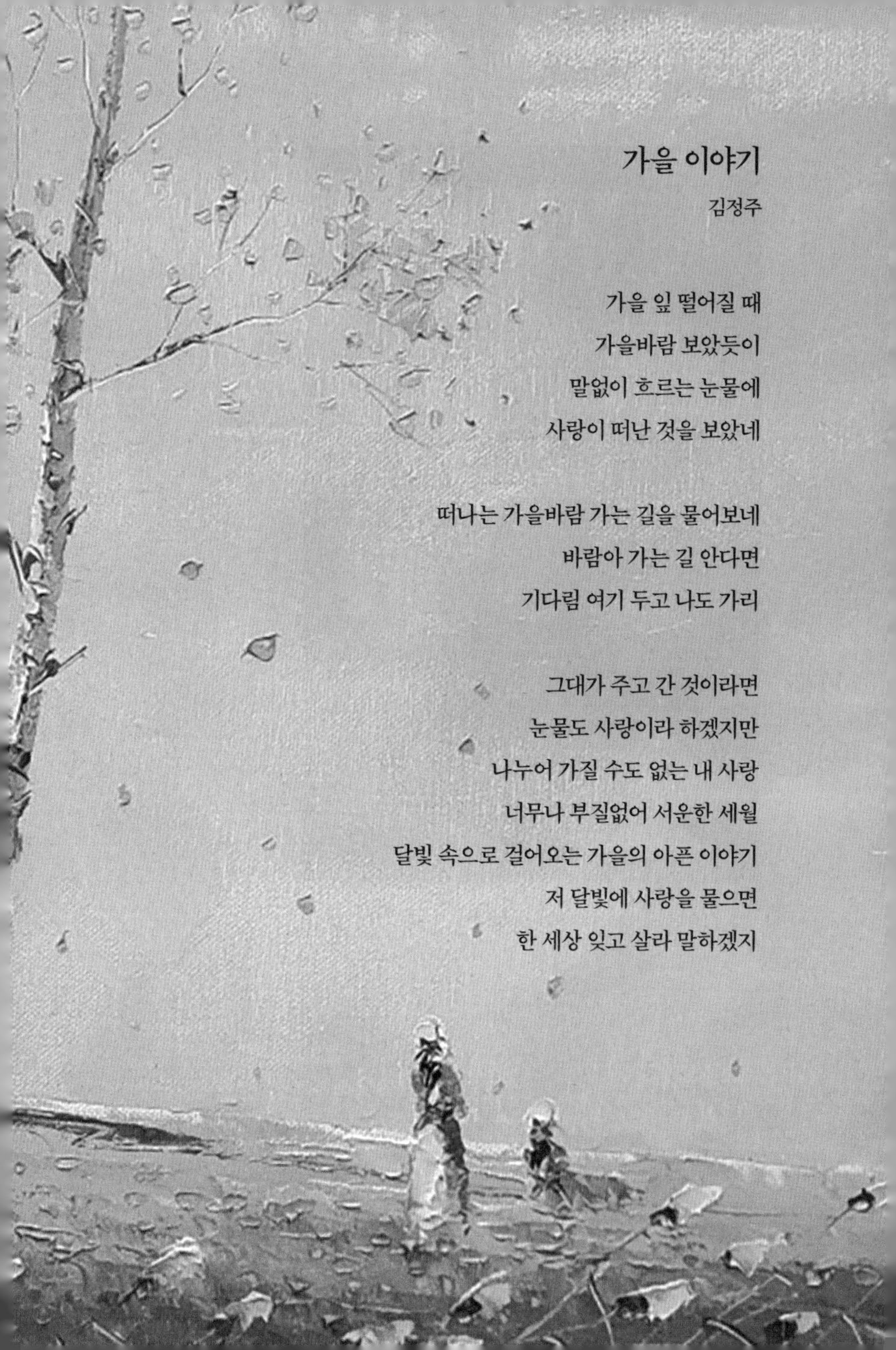

가을 이야기

김정주

가을 잎 떨어질 때
가을바람 보았듯이
말없이 흐르는 눈물에
사랑이 떠난 것을 보았네

떠나는 가을바람 가는 길을 물어보네
바람아 가는 길 안다면
기다림 여기 두고 나도 가리

그대가 주고 간 것이라면
눈물도 사랑이라 하겠지만
나누어 가질 수도 없는 내 사랑
너무나 부질없어 서운한 세월
달빛 속으로 걸어오는 가을의 아픈 이야기
저 달빛에 사랑을 물으면
한 세상 잊고 살라 말하겠지

사진작가 고(故) 김영갑 씨.

18

김영갑씨

제주도에 가면 김영갑 갤러리가 있다.

사진작가인 주인은 18년 전 세상을 떠났어도 그곳을 찾는 사람은 날로 늘어나고 있다.

지금은 제주의 명소로 자리 잡고 있지만 세상 떠날 때까지 그는 지지리도 가난했고 지지리도 무명이었다.

나는 그를 1991년에 만났다. 모스크바로 노래를 녹음하러 가기 위해 마지막 점검을 하는 자리였다.

동원 씨가 소개했다. 제주도에 홀려서 제주도 사진만 찍는 대책 없는 사진작가라고.

영갑 씨는 등까지 내려오는 치렁치렁한 머리를 고무줄로

▲ 가수 김진권 씨(제천 김진권 Live 카페).
▼ 사진작가 김영갑 씨와 제주도에서.

묶다 말고 동원 씨의 대책 없다는 말에 머리카락 사이로 살짝 눈을 흘겼다.
그 총각의 총각스럽지 않은 섬세한 동작에 미소가 절로 났다.
그 자리에는 낯선 이가 또 한 사람 있었는데 무슨 얘기 끝인지 동원 씨가 주머니에 있는 돈을 털어주며 힘내 하고는 보냈다.
그러자 영갑 씨가 볼멘소리를 냈다.

"형, 내 오토바이는 언제 사줄 거야?"
"야야. 선생님도 오셨는데 어린애처럼."

오토바이 얘기는 이랬다.
사진에는 극적인 타이밍이 있고 타이밍 못지않은 포인트가 있는 법인데 걸음아 나 살려라만 가지고는 살릴 수가 없다는 것이었다.
절체절명의 순간을 놓치고 펑펑 울었다는 이야기를 듣고 동원 씨가 오토바이를 사주겠노라 약속했다.
그 약속이 3년을 넘어가고 있는데 동원 씨는 돈만 생기면 눈앞에서 먼저 우는 사람부터 준다.
주는 것도 적당히 나눠주는 게 아니고 있는 대로 털어준다.
그러고는 돌아서서 어, 돌아갈 차비가 없네. 저 차비 좀 주실래요? 한다.
그러니 3년 전 울었던 것은 이미 무효 처리가 된 듯했다.
다행히 김희갑 찬스가 발생해 오토바이는 르망으로 바뀌게 된다.
김영갑 씨의 환희는 우리 모두를 행복하게 했다.

"한라산이 몇 시에 제일 아름다운지 알아요?"
"해발 몇 미터에서 바라봐야 진면목이 나타나는지 알아요?"

그러면서 사진 한 컷을 기다리느라 숲에서 밤을 새운 이야기, 일생일대의 컷을 향해 뛰어가다 냅다 굴러떨어진 이야기, 몇 날 며칠을 굶으며 산을 헤매다 산새 둥지에서 알을 발견하고 감사기도 올린 이야기…, 이런 이야기가 끝이 없다.
어느 날은 사진 찍다가 뭔가 툭 떨어져서 보니 이가 빠져 있는데 영양실조로 이가 빠진다는 걸 처음 알았다는 등 그의 얘기를 분석해 보면 80% 이상이 가난과 연결이 되는데도 그는 그것을 무슨 문학 작품 얘기하듯 한다.

고1 때였던가. 국어 시간에 릴케를 공부했다.
릴케는 『말테의 수기』를 통해 이런 말을 했다.
쓰지 않고는 배기지 못할 그런 이야기를 쓰라고.
순간 나는 야코가 팍 죽었다. 도대체 쓰지 않고는 배기지 못할 이야기가 어디 있는가.
왜 나는 쓰지 않아도 다 배겨지는가.
그런데 영갑 씨는 찍지 않고는 배길 수가 없어 20년이나 한라산을 헤매고 다녔다.
사진이 예술 대접을 받는 것조차 요원했던 그 시절부터 알아주지도 않고 돈도 안 되는 일에 자신을 전부 바친다는 것.
그는 끼니를 굶으면서도 알아주지 않는 개인전을 해마다 열었다.
고집과 오기는 그를 지탱해 주는 힘줄 같았다.
"뭘 그리 오래 보세요? 사진이 마음에 드나 봐요."

"아니."

나는 그의 사진이 마음에 들지 않는다.
그가 찍은 풍경 앞에서 번번이 나는 그의 어미가 된 듯한 속상함을 느낀다.
이걸 찍으려고 이 시간, 이 장소에서 칼바람 맞으며 적막과 허기와 싸우고, 곱은 손 불어가며 기다리고 또 기다렸단 말이지.
사진은 안 보이고 그 사진을 찍고 있는 그의 모습만 보인다.
그래서 그의 사진을 보면 눈앞이 금방 흐려진다. 울컥해서.
조용필 씨가 부른 '킬리만자로의 표범'에 이런 구절이 있다.
나보다 더 불행하게 살다 간 고호란 사나이도 있었는데…
이 노래는 1985년에 만들어졌다.
김영갑을 알게 된 이후에 이 노래를 만들었다면 고호 대신 김영갑이란 이름이 더 어울렸겠다, 라는 생각을 가끔 한다.

그는 루게릭병으로 세상을 떠났다.
그동안 참 많은 얘기들이 있었지만 알기 이전의 생애에도 날 것의 스토리가 많아 나는 그 얘기에 무척 많은 관심을 가졌다.
그렇다고 개인적으로 그를 취재하러 가거나 하는 적극성은 없었고, 다 같이 모인 자리에서 옆에 앉아 조금씩 조금씩 얘기를 주고받고 했는데 새로 태어난 갓난장이에게 질투하는 세 살짜리 형아처럼 동원 씨가 어찌나 질투를 하는지 결국 노래 하나 만드는 정도로 끝났다.

이 노래를 부른 김진권 씨는 이동원 씨와 짝이 되어 국내외 팔도강산으로 무궁무진 공연을 다닌 사람이다.
이 두 사람을 드라마에 까메오로 등장시킨다면 출연에 가객 1, 가객 2로 표시될 것이다.

♬ 김영갑씨

QR코드를 스캔하여 음악 듣기

사진작가 김영갑의 작품, '황홀한 제주 오름'.
〈자료 제공: 김영갑 갤러리 두모악〉

〈자료 제공: 김영갑 갤러리 두모악〉

김영갑씨

김진권

이것저것 하려 갈팡질팡하다
인생이 그냥저냥 흘러갑니다
인생사 아뿔싸 알기야 알죠만
안다고 당신처럼 살아집니까

삽시간에 사라질 황홀을 찾아
비에 젖으며 칼바람 맞으며
신명나게 산 당신
오늘은 바람 되어 내 등짝을 번쩍
죽비처럼 후려치고 가는군요

사람들 틈 속에서 튕겨져 나와
달빛과 놀며 꽃 바느질하며
재미나게 산 당신
오늘은 바람 되어 내 등짝을 번쩍
죽비처럼 후려치고 가는군요
당신 정말
하고 싶은 것만 하시네요

▲ 1993년, LA 녹음 스튜디오.
▼ LA 스튜디오에서 녹음 중.

19

이별의 라스트씬

아득한 옛날 반세기도 훨씬 전 프랑스에 혜성이 나타났다는 뉴스 하나가 빵 터졌다.
소르본 대학 19세의 여대생이 소설을 발표한 것이다.
지구 역사상 처음 있는 일이라 이 여대생은 금방 화제의 인물이 되었다.
프랑스와즈 사강, 『슬픔이여 안녕』. 이 화제는 산을 넘고 바다를 건너 지구를 몇 바퀴씩 돌았다.

그러던 어느 날 지구 반대편 코리아에서도 혜성이 나타났다는 뉴스가 빵 터졌다.

이번엔 15세 소녀가 소설을 썼다는 것이다.
그리고 이 소녀는 나이가 15세라는 이유만으로 한국의 사강이 되었다.
그때나 지금이나 사람들은 책을 안 읽는 모양이다.
읽었다면 결코 그 두 사람을 같은 선상에 나란히 세우지 않았을 것이다.

19세는 제대로 규격을 갖춘 작품이고 15세는 여중생 방학 숙제였다.
여중생 숙제라 해도 그 나이의 순수한 일상을 써나갔으면 나름대로 봐줄 요소가 있었겠지만 소설이랍시고 덧칠까지 해놓아 미안하지만 참 읽어주기 힘든 글이었다.
당시 이 소녀는 겁에 질려 있었다.
어른들에게 숙제를 뺏긴 후 자신의 의지와는 상관없이 세상 가운데로 불려 나왔기 때문이었다.
어떤 인터뷰에도 입을 다물고 대답을 안 했다.
한마디로 무서웠다. 사람들이 책을 읽지 않고 오로지 명성만으로 대해주는 바람에 그 소녀는 세상의 호의 속에서 자랐다.

얼마나 다행인가. 그리고 그 호의에 걸맞게 살아야겠다고 생각하고 비로소 소설이 무엇인가 열심히 공부하기 시작했다.
착하다, 착하다 하면 착해지듯이 그 소녀는 그렇게 어른이 되면서 조금씩 작가의 틀을 잡아나갔다.
양인자의 시작이었다.

『흔적 없이 사라지는 법』(프랭크 에이헌, 에일린 호란 지음)이라는 책을 읽었다.
다 읽고 나자 겁이 났다. 흔적 없이 사라질 방법이 없었기 때문이다.
이 책을 쓴 사람은 작가이면서, 쉽게 말해 탐정이다.
사라져도 찾아내는 사람이다. 이 사람의 말을 빌면, 자기가 어떤 방법으로 찾아내는지 알려줄 테니 이 방법을 비켜가라.
그러면 완전히 사라질 수가 있다는 것인데 그것이 불가능해 보였다.
왜? 뜬금없이 사라지려고?
혹시 사라지고 싶을 때가 있으면 사라져 볼까 하고.

아니 그것보다 사실은 사라지게 하고 싶은 게 있어서다.
나는 내 최초의 책을 정말 흔적 없이 사라지게 하고 싶다.
말하자면 성형외과에서 비포 앤 애프터를 보여주는데 그 비포를 없애고 싶은 것이다.
그 무렵 내게는 진작에 책 한 권도 남아있지 않았다.
그리고 반세기 전에 나온 그 책을 갖고 있는 사람도 없을 것이다.
그럭저럭 다 사라진 셈일까. 슬그머니 편해지려고 할 무렵 돌아가신 오빠의 짐 한 꾸러미가 내게 도착했다.
"이 물건들은 고모가 간직해야 될 것 같아서요."
꾸러미 속엔 내가 처녀 시절 사 모은 레코드판이며 책이며 사진들이 있었다.
거기엔 내가 쓴 책도 한 권 끼어 있었다.
이걸, 이걸…. 마음이 바빠졌다. 잠깐만, 이제 이 책이 마지막이다.
그러니까 좀 센티멘털한 이별 의식을 치러보는 건 어떨까.
나는 영화에서처럼 난롯가에 앉아 한 장씩 불 속으로 사라지게 하는 장면을 생각해 보았다.
그러나 눈을 떠보니 현실적으로 난로가 없다.

나는 주말마다 가는 텃밭에 가서 모닥불을 피우고 그곳에서 이별 의식을 치르기로 했다.
그런데 정작 주말이 되어 내려가는데 책이 없다.
화들짝 놀라 찾았지만 그래도 없다. 혹시나 싶어 물어보니 딸이 가져갔다고 한다.
엄마가 없앤다고 해서 숨겼다고 한다.
럴수 럴수 이럴 수가. 안 돼. 가져와…, 해선 뭔가 안 들어먹힐 것 같았다.
나 그 책에서 체크할 게 하나 있어. 갖고 와.
이렇게 해서 내 손에 돌아오는 데 몇 주가 걸렸다.

마침내 모닥불 앞에 앉았다. 그러나 눈코가 매워 낭만적으로 한 장씩 뜯고 있을 새가 없었다.
그냥 던져 넣었다. 불길이 확 솟구쳐 오르고 벌겋게 장렬한 모습으로 타오를 줄 알았는데 시원찮은 모닥불을 오히려 책이 꺼뜨리고 있다.
간신히 간신히 불씨를 살려가며 제발 순하게 잘 타서 사라져 주십사 공을 들였다.
그러면서도 마지막의 센티멘털 의식 같은 건 가지려 애썼다.

'이별의 라스트씬' 가사 중에 '나의 눈물 밟고 가는 내 사랑의 뒷모습이나 오래 바라보리라'라는 구절이 있다.
그것처럼 비록 내 눈물을 밟고 가는 건 아니지만 다 탈 때까지 오래 쳐다보리라 생각했다.
그러나 남편이 곡괭이를 갖다 달라고 소리치는 바람에 그마저도 못했다.
그러나 마지막은 보았다. 나비 같은 검불 하나가 사뿐 올라 오랫동안 공중에 머물다가 건너편 소나무에 붙어 뭔가 귓속말을 하더니 영영 시야에서 사라졌다.
저 아인 떠나기가 섭섭했던 모양이다.
뭔가 나의 잘못을 소나무에게 꼰지르고 간 것 같다.
미안하다. 나의 서투름을 지우려고 너를 보냈는데 너도 나름 조금은 이해해다오.
마침내 이 지상에서 그 책들은 다 사라졌다.

우리에게 블루베리 묘목을 분양해 주고 틈틈이 관리 요령을 가르쳐주러 오시는 선생님이 말했다.
"제천에 있는 지적 박물관 가봤어요?"
"아니요."

"그곳 관장님 한번 만나보세요."

"왜요?"

"그분이 어느 장터에서 『돌아온 미소』를 발견하고 사려다가 일행들이 재촉하는 바람에 그냥 왔다고 몹시 아쉬워하더라고요."

허걱! 어느 장터!

♬ 이별의 라스트씬

QR코드를 스캔하여 음악 듣기

이별의 라스트씬

이애숙(그룹 코리아나 리드싱어)

떠날 사람 떠나고 마네
눈물로 붙잡아도 떠나고 마네
우리의 사랑 다시 말하면
만난 것과 헤어진 것뿐
차창 밖 윈도우블러시
빗물을 지워 버리듯
지난 일 지울 수도 있으련만
오늘은 자꾸 마음이 울어
나의 눈물 밟고 가는
내 사랑의 뒷모습이나
오래 바라보리라

20

소녀의 꿈

원고를 쓰다 보면 꼭 갑이 생긴다.
방송 원고에서 갑은 PD다. PD가 오케이를 해야만 작가는 애청자를 만나든, 시청자를 만나든, 아니면 악플러를 만나든 만날 수가 있다.
PD가 첫째 관문인 것이다. 그리고 어느 갑이든 갑은 만만치가 않다.
그리고 꼴통도 많다.
휘파람 불면서 글 쓰는 이가 있는지 모르겠지만 대개는 앞머리, 옆머리 쥐어 뜯어가며 쓸 것이다.
그렇게 써가지고 간 원고를 휙휙 넘기던 PD가 쓰읍 한다.

동시에 작가의 가슴이 쓰읍 쫄아붙는다.
"이거 방향을 좀 틀었으면 좋겠는데 한 30도 정도만."
성냥갑의 방향을 30도 돌리라면 얼마든지 돌리겠다.
63빌딩을, 아니 꼬마 빌딩이라도 그렇지. 그걸 30도 돌리라고? 무슨 수로? 꽉 막힌 골목에서 납득 안 가는 말씀을 꾸역꾸역 듣고 있는데, 열어놓은 창문으로 갑자기 바람이 불어와 간신히 가려 빗은 PD의 대머리를 활짝 열어 제껴 버렸다.
아! 그 순간 난 바람이고 싶었다. 깔깔.

1970년. '검은 고양이 네로'를 불러 지구촌의 남녀노소를 한꺼번에 미소 짓게 만든 5살 꼬마 아가씨가 있었다.
박혜령이란 이 꼬마 아가씨는 짱짱한 목소리로 세상을 휘젓는가 했더니 어느 날 그냥 사라졌다.
그러다 1986년. 숙녀가 되어 나타났다.
그리고 '소녀의 꿈'을 불렀다. 그러고는 또 사라졌다.

당시 함께 녹음했던 혜은이의 '열정'은 지금까지 타오르고 있는데 나는 이 '소녀의 꿈'이 소녀와 함께 사라진 것이 무척이나 아쉽고 안타깝다.

♬ 소녀의 꿈

QR코드를 스캔하여 음악 듣기

소녀의 꿈

박혜령

나는 비가 되고 싶어요
그대 눈 속에 우수처럼 내리는 비
나는 눈이 되고 싶어요
그대 마음에 소복히 쌓이는 눈
나는 바람이고 싶어요
그대 머리칼 헝클며 장난치며
아 별이고도 싶어요
그대 내 모습 쳐다볼 수 있도록
음 추억이고 싶어요
가끔씩 그대 조금씩 울리고 싶어

(21)

남자는 여자를 귀찮게 해

이른 아침 오픈 타임에 스키장으로 나간 그는 야간 스키까지 마치고 밤늦게 돌아온다.
그동안 나는 리조트 벽난로에 계속 장작을 넣으며 불멍을 즐겼다.
함께 간 동지들은 그의 질긴 에너지를 감당 못해 밤이면 눈자위가 한 자는 푹 꺼져 돌아오곤 했다.
어느 순간 스키홀릭이 돼버린 이 사람은 이날이 임주리 씨의 녹음 날인데도 아, 몰랑… 하고 눈밭에 파묻혀 있다.
그땐 핸드폰이 보편화돼 있지 않았을 때였다.
방으로 긴급 전화가 왔다. 임주리 씨였다.

아, 내가 방에 있길 잘했지.
다른 레파토리는 녹음이 다 끝났는데 '남자는 여자를 귀찮게 해'가 심의에 걸려 진행을 못 하고 있다는 내용이었다.
가사 부적절 판정을 받은 이유는 이랬다.
여성의 입장만 주장하는 편파적인 시각이라고.
녹음실은 시간이 돈이다. 벽난로 앞에 엎드려 다시 가사를 썼다.
그래서 '남자는… '은 노래 제목이 '정말 좋겠네'로 바뀌었다.

외로움에 외로움을 보태면 무엇이 되는 걸까

바람에 꽃 그림자 하나가 저 혼자 떨고 있는데

이 노래는 그다지 큰 성공을 거두지 못했다.

어느 날. '남자는 여자를 귀찮게 해'가 이러저러해서 심사통과를 못 했다는 얘기를 들은 문주란 씨가 아연 팔을 걷어붙였다.
"모라카노? 편파적이라고!"
얼마 후 문주란 씨의 희희낙락하는 연락이 왔다.

"통과시켰어예. 대신 이 노래는 제가 부릅니다."

같은 심의위원이 오른팔 들었다가 왼팔 들었다가…

예 예… 그 융통성을 존경합니다.

그렇게 해서 문주란 씨가 '남자는 여자를 귀찮게 해'를 녹음했고 히트곡으로 떠올랐다.

한 멜로디의 두 노랫말.

임주리 씨가 부른 '남자는…'이 밖을 내다보지 못한 게 늘 아쉬웠는데 마침 그 녹음본이 내게 있어 오늘은 임주리 씨의 버전도 소개하고 싶다.

임주리 씨도 자신의 이 노래를 처음 들어볼 것이다.

♬ 남자는 여자를 귀찮게 해 - 문주란 Ver

QR코드를 스캔하여 음악 듣기

♬ 남자는 여자를 귀찮게 해 - 임주리 Ver

QR코드를 스캔하여 음악 듣기

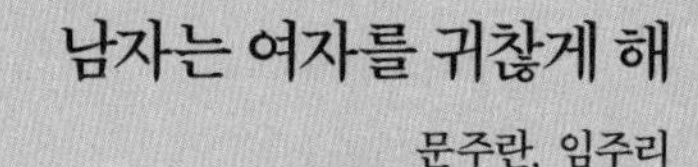

남자는 여자를 귀찮게 해

문주란, 임주리

처음에 사랑할 때 그이는 씩씩한 남자였죠
밤하늘의 별도 달도 따주마 미더운 약속을 하더니
이제는 달라졌어 그이는 나보고 다해 달래
애기가 되어버린 내 사랑 당신 정말 미워 죽겠네
남자는 여자를 정말로 귀찮게 하네
남자는 여자를 정말로 귀찮게 하네

결혼을 하고 난 후 그이는 애기가 돼 버렸어
밥 달라 사랑 달라 보채고 둘이서 놀기만 하재요
할 일은 해도 해도 많은데 자기만 쳐다보래
웃어라 안아 달라 조르는 당신 골치 아파 죽겠네
남자는 여자를 정말로 귀찮게 하네
남자는 여자를 정말로 귀찮게 하네

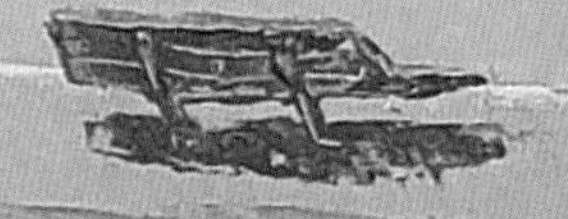

22

말하라 그대들이 본 것이 무엇인가를

문득 그가 말했다.

"노래로 욕을 하고 싶어."

"합시다."

가능할까? 하는 얼굴로 그가 나를 쳐다보았다.

나는 그의 눈 속에서 그동안 밖으로 내쏟지 못한 숱한 속상함과 억울함을 보았다.

나는 감히 세상을 욕할 만한 주제는 못 되지만 세상 밖으로 빗나가고 싶었던 때는 있었다.

자경이. 그 시절의 내 친구. 함께 비뚤어지자 의기투합하고 생애의 마지막 여행을 떠났다.
똑같이 문학 공부를 하다 똑같이 유치한 병에 걸려 똑같이 질질 짜고 똑같이 한숨 쉬던 친구 자경이.
서울 하늘 아래서는 도저히 못 견디겠다는 말끝에 서울을 탈출하기로 했다. 도대체 서울 하늘이 우리한테 뭘 어쨌다고.

저나 나나 돈도 없는 주제여서 있던 책 죄 팔아서 서울에서 제일 먼 곳으로 가자 했다.
먼 곳이 어디인지도 모르는 우물 안 개구리가 왠지 남쪽으로는 가기가 싫고 (따뜻한 바람이 불어 마음이 풀어질 우려가 있다는 이유로) 북쪽은 아는 바가 없어 강화도로 갔다.
다리가 놓이기 전이라 해병대 상륙 작전 때 쓰는 LST 함정인가 하는 철갑선을 타고 갔고, 그다음은 갈 곳이 정해진 것도 아니어서 아침부터 해 떨어질 때까지 동서남북 마냥 걸어만 다녔다.
세상엔 참 많은 것들이 있는데 우리의 청춘은 가진 것이 없어 서럽고 자존심 상해서 말만 꺼냈다 하면 눈물이 팡팡 쏟아졌다.

강화도, 하면 지금은 아카시아 이파리밖에 생각나는 것이 없을 정도로 아카시아만 보고 다니다가 지치고 굶주려서 죽어도 서울에서 목욕이나 하고 죽자 하고 다시 서울로 돌아왔다.

한일 문제로 닫혀 있던 학교 문이 열리고 자경이는 학교로, 나는 직장으로 뛰어들었다.

그리고 우리들 청춘의 슬픔이나 방황은 일에 의해 구제받았다.

'말하라…'는 그때 당시 썼던 글이다.

조용필 씨는 이 노래를 혼신을 다해 불렀다.

20분짜리 곡을 수십 번도 더 불렀다.

이 곡이 왜 20분이냐면 카세트테이프 한 면이 20분 남짓이었기 때문이다.

CD는 카라얀이 고안해 내고 규격도 카라얀이 정했다.

지휘자의 자리에서 베스트로 들을 수 있는 음향을 골고루 많은 사람에게 들려주기 위해 CD 음반이 만들어졌는데, CD 규격에는 감동적인 사연이 있다.

베토벤의 9번 교향곡을 나누어서 들으면 안 된다는 취지하에 그 곡이 한 면에서 다 재생될 수 있도록 만든 것이 현재 우리가 쓰고 있는 일반적인 CD의 크기다.
이 스토리에 취해서 나도 20분짜리를 만들었다.

노래를 다 듣고 사람들은 묻는다. 도대체 여기 어디에 욕이 있는가?
한 번 더 들어보자. 그래도 안 들린다고?
조용필 씨의 목 뒤집어지는 절규를 듣고도 욕이 안 들린다고?
쌍시옷이 들어가는 것만이 욕이 아니다.
눈빛 하나로도 욕이 되고 침묵도 욕이 된다.
이만큼 욕 많이 한 노래는 없다.

♬ 말하라 그대들이 본 것이 무엇인가를

QR코드를 스캔하여 음악 듣기

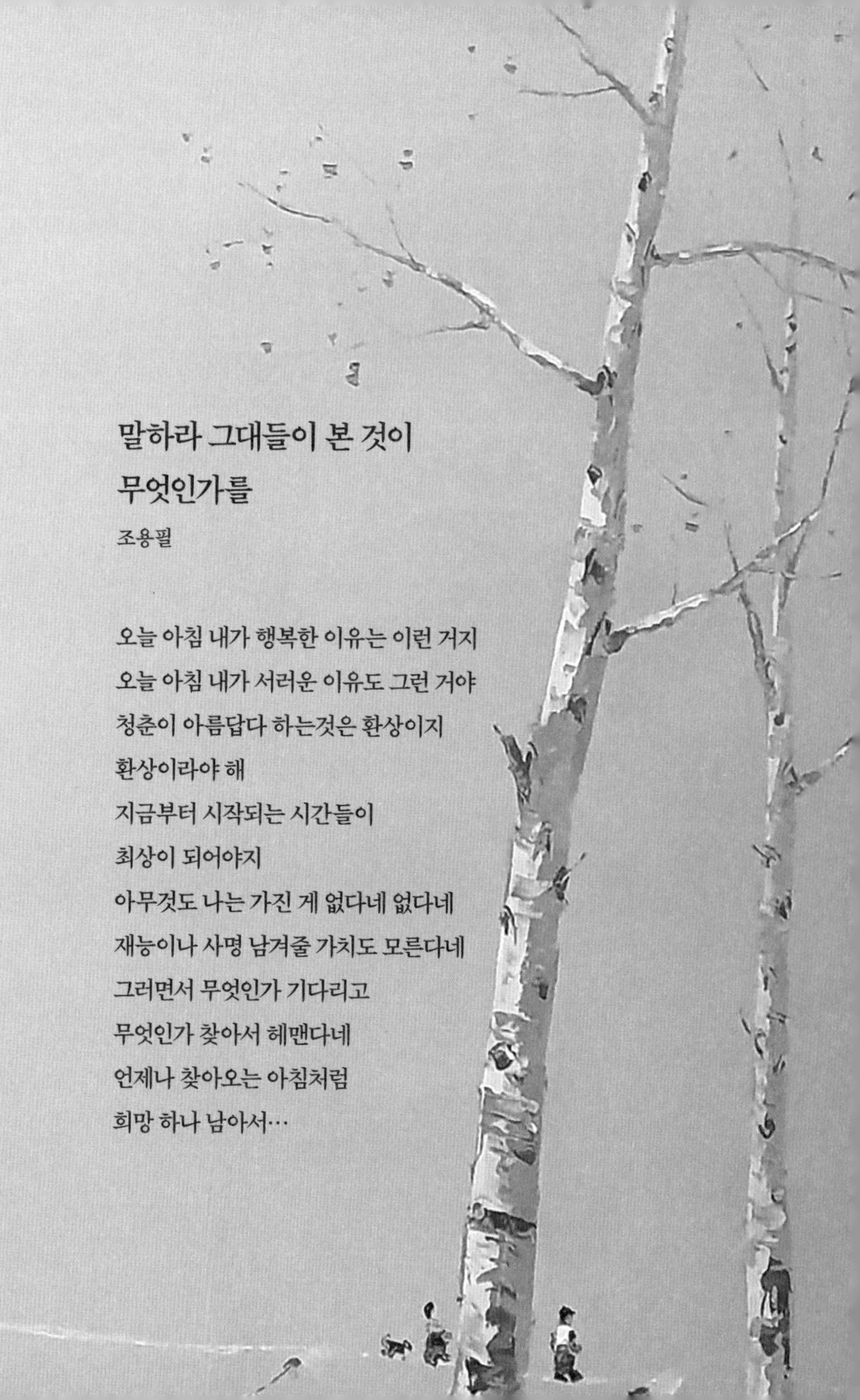

말하라 그대들이 본 것이 무엇인가를

조용필

오늘 아침 내가 행복한 이유는 이런 거지
오늘 아침 내가 서러운 이유도 그런 거야
청춘이 아름답다 하는것은 환상이지
환상이라야 해
지금부터 시작되는 시간들이
최상이 되어야지
아무것도 나는 가진 게 없다네 없다네
재능이나 사명 남겨줄 가치도 모른다네
그러면서 무엇인가 기다리고
무엇인가 찾아서 헤맨다네
언제나 찾아오는 아침처럼
희망 하나 남아서…

아침이면 하나님은
한 장의 도화지를 주신다
애야 이 도화지에
멋진 너의 여름을 그려보렴
사랑의 여름
영광의 여름
행복의 여름
그러나 도화지엔
무수한 암초만이 그려진 채
소년의 여름이 구겨지고
청년의 여름이 실종되고
그리고 여름은 또 시작된다
고개를 젖히고 하늘을 본다
혼자 있을 수도 없고
혼자 있지 않을 수도
없는 도시의 하늘
권태로움과 공포로 색칠된
도시의 하늘
오늘 이 모든 것들이
우리를 창피하게 한다
떠나자 짐승이 되지 않기 위해서
아니 진실로 짐승이 되기 위해서
어딜 가니? 어딜 갈 거야?

옆에서 친구가
불안을 담고 묻는다
먼 곳을 가겠어 먼 곳을
이것 봐 그런 생각은
사춘기가 끝나면서
같이 끝나는 거야
아니야 사춘기란
끝나는 것이 아니야
우리의 가슴속에
영원히 남아있는 희망이야
어떤 폐허에서도
꼿꼿이 고개를 드는 희망
우리 마음 한구석에서
늘 불꽃으로 타오르고 있는 그곳
그리움을 주고
활력을 주기도 하는 그곳
이 답답하고 숨막히는 도시를
떠나서 그런 먼 곳으로 가고 싶다
가자 사랑을 찾아서
가자 영광을 찾아서
행복을 찾아서
그리고 그 모든 것인
파랑새를 찾아서

젊음이란 것은
머릿속의 관념이 아니라네
사랑이란 것도
한순간의 허상이 아니라네
아름다운 꿈 하나 없으면
오늘을 견딜 수 없기에
우리들은 꿈을 그 꿈을 찾아 나선다네
기대 없는 사랑
그런 사랑 무엇에 소용인가
희망 없는 사랑
그건 역시 나에겐 소용없네
내가 항상 옳은 건 아니지만
주는 것만 옳다곤 않겠네
희망보다 항상 어려운 것은 체념이야

어느 날 아침 우리는 출발한다로
시작해서 먼곳을 향해 떠난다
먼 데서 온 거라면
다 아름다워하는 형제들아 하고
보들레르는 말했지
그렇다, 먼 곳은 어디든 아름답다
먼 곳은 멀다는 것만으로도
아름답다
먼 곳은 그 자체의 아름다움으로
우리를 황홀하게 한다
그러나 우리는 무엇을 보았던가
좁고 초라한 남자의 어깨
그 어깨에 짐처럼 얹혀진 여자의
피곤한 잠
어디까지 가십니까?
배의 난간에서
낯선 남자는 묻는다
어디까지 가느냐구요?
이 배를 탈 그때부터
우리가 내릴 곳은
다 함께 정해져 있지 않았나요?
아! 그렇군요
낯선 사람으로 만나
공동의 운명에 처해진다는 것,
이건 대단한 발견인데요
그렇게 얘기하지 마십시오
힘없고 권태로운 얼굴로
그 권태로움을 겁내듯
낯선 여자에게 말을 걸고 있는
당신과 공동의 운명이라니
나는 지금 그것을
탈출하는 중인데요
낯선 사람은 계속 묻는다
탈출하면 무엇이
보일 것 같습니까?
무엇이든 보이겠죠, 무엇이든…
지금 보고 있는
이것이 아닌 다른 무엇…
보일까요?
보이겠죠
곧 보일 거예요
유리알처럼 맑고 투명해서
설명할 수 없는 그것
하지만 보이게 되면
기쁜 목소리로 얘기해 드리죠
바로 저것이라고…
배는 물살을 갈라
물방울을 만들고 바다는 그
물방울을 다시 바다로 만든다
한낮의 태양은 우리의 살갗을
뜨겁게 태우고 방향을 모르는
바람이 우리를 졸립게 한다

Sand Man Sand Man
Sand Man is coming
Sand Man is coming

서럽고 외로울 때면 모래를 뿌려
잠을 재우는 전설 속의 샌드맨
지금 이렇게 떠나가는 것이
슬픈 것인가
아무것도 보이지 않는
이 바다가 외로운 것인가
샌드맨은 다가와 모래를 뿌리고
우리는 서러움과 외로움을
비켜선 오수에 빠져든다

나~ 나~

마침내 우리는
지친 몸으로 돌아온다
먼 곳은 여전히 먼 곳에 있고
파랑새는 보이지 않는다
돌아오는 배의 난간에서
가져보는 잠깐 동안의 사랑
남자가 안은 팔의 힘 속에서
여자가 속삭여 주는
달콤한 어휘 속에서

우리는 잠깐잠깐 사랑에 잠긴다
그러나 그것은 아무것도 찾지
못한 사람들이
그들의 빈 가슴을 달래기 위한
숨겨진 울음의 몸짓일 뿐
어디까지 가십니까?
이제는 누구도 대답하지 않는다
대답하지 않아도 우리는 안다
우리는 모두 운명이 직결된
공동의 배에 타고 있다는 것을
암초에 부딪쳤을때
우리의 운명은 언제나
하나로 직결돼 있다는 것을…

선생님은 이 세상 어린이가
가지는 첫 번째 꿈
어린 시절 내게도
그런 꿈이 있었지
그때 나는 행복했었지
같은 꿈을 꾸면서 자랐는데
가는 길은 왜 달라졌나
아직도 그 골목엔
내가 두고 온 행복이
나를 기다리고 있을까 있을까

피곤한 남자의 어깨에
떨어져 있는 살비듬
서러운 여자의 어깨에
떨어져 있는 긴 머리카락 한 올
우리는 이것을 피해
떠났지만 결국 이것들과 만나고
이것들을 서로 털어주며
사랑할수 밖에 없는
그런 공동의 운명임을…
우리는 우리가 찾아갔다가
아무것도 보고 오지 못한
바다 저쪽을 다시 돌아본다
아… 구름 속에서 그 모습을
드러내고 있는
저 먼 곳의 산 그림자
배가 멀어짐에 따라
그 산은 한 개의 피리어드로 변하고
마침내는 아무것도 없는
바다로 사라진다
도시로 돌아온 우리의 가슴속에
마지막 본 그 피리어드는 거대한 우주로
거대한 욕망으로 다시금 자리 잡는다

수도꼭지에서 떨어지는
낭랑한 물소리
작은 난로 위에 끓고 있는
보리차 물 주전자
햇볕이 가득한 마당에
눈부시게 널린 하얀 빨래
정답고 따뜻한 웃음 속에
나는 왜 눈물이 나나
언제라도 나는 변명 없이
살아가고 싶었네
언제라도 나는 후회 없이
떠나가고 싶었네
대문 밖을 나서는
남자의 가슴을 겨냥한
활시위
그렇더라도 나는
갈 수밖에 없네
신비한 저쪽

말하라!
그대들이 본 것이 무엇인가를…

라-
변명 없이 살아가고 싶었네
후회 없이 떠나가고 싶었네
라-
후회 없이 떠나가고 싶었네
라-
언제라도 변명 없이
살아가고 싶었네
언제라도 나는 후회 없이
살아가고 싶었네

▲ 2015년, '봄날' 앨범 녹음 중. 봄햇살 같은 가수 이정순 씨와 함께.
▼ 이정순의 앨범.

23

봄날

허걱! 하는 들숨에 이어 왜 그래요! 질책하는 소리가 들렸다. 오랜만에 나눈 조용필 씨와의 통화에 몇 마디 수인사를 하다가 최근에 실버타운으로 이사했다는 소식을 전하자 그가 경악하는 반응이다.
흡사 내가 청송교도소에 수감됐다는 소식을 듣기라도 한 것 같다.

나는 긴 설명을 하지 않았다. 실버타운과 양로원을 동일시하는 일반 인식은 너무나 확고해 어떤 설명에도 변하지를 않는다.

나, 공기 좋은 리조트에 놀러 와 있소, 하는 말에 왜 그래! 판자촌에서 빈대처럼 있지 않고! 하는 것과 같다.
나이 더 들면 오기도 어려우니 지금이라도 와서 같이 편히 지냅시다, 했더니 "난 아직 총각이야." 하고 반항한다.
'총각이야'는 물론 농담의 은유이지만 '청송교도소에서는 자유가 없잖아'의 뜻이기도 하다.
교도소 아니라니깐. 리조트처럼 생긴 천국이라니깐.

젊은 시절은 시절 내내 폭풍의 언덕이었다.
보이는 것, 들리는 것, 살아내는 것 모든 것이 바람이었다.
밖에서 불어오는 바람과 싸우기도 힘겨운데 속에서 들끓는 바람을 재우는 건 더 힘들었다.
그러나 젊음이 주는 힘은 대단했다. 아니, 위대했다.
비바람이 치면 비바람을, 뇌성 번개가 치면 또 그것을 버팅겨 이겨낼 수 있게 했으니까.

폭풍의 언덕을 넘어오니 쉬어도 좋은 날들이 왔다.
우리가 실버타운에 도착한 날은 함박눈이 펑펑 내리고 있었다.

열심히 살아온 노고에 축하를 받는 것 같았다.

노자의 무위를 자연스레 실천할 수 있는 봄날이 왔다. 봄날은 언제나 언덕 너머에서 기다리고 있었다.

♬ 봄날

QR코드를 스캔하여 음악 듣기

봄날

이정순

사랑아 울지 마라
님이야 떠나갔지만
그렇게 울어야 할
슬픔이 아닌지도 몰라
가만히 들어 보아
바람이 지나는 소리
눈물도 어쩌면
지나가는 바람인지 몰라
우리 생애 다 합쳐야
무지개 몇 번인데
우리가 정말 사랑했을까
뒤척이던 나날
생각하면 모든 일이
그리움의 불꽃들인데
떨림이 지나간
고즈넉한 오늘
이제야
봄날인 것 같아

24

그냥

"나는 그냥이라는 말이 참 좋아예. '그냥'이라는 말로 노래 만들모 어떨까예?"

"그냥…. 그냥…. 이렇게 시작해서 그냥. 하고 끝나는 건 어떨꼬?"

"그러던동."

문주란 씨는 말이 시원시원해서 사이다 마시면서 얘기하는 것 같다.

주문한 멍게가 나와 내가 젓가락을 들자

"에헤이. 이 부산 아지매 멍게 묵을지 모르네. 멍게를 무슨 초장에 찍어예."

"그럼 어디다 찍노?"

"그냥 무야지예. 멍게향 팍 느끼면서 그냥 팍."

"노래 다 만들었다. 그냥 팍. 향기 팍. 멍게 팍."

깔깔대면서 멍게가 되도록 멍게를 먹었다.

노래가 다 만들어졌을 때 잠깐 기다리라 하고 문방구에 다녀왔다.

복사한 악보를 건네주자 식칼 없는 대장장이를 보듯 눈을 커다랗게 뜨고 "집에 복사기 없어예?" 하더니 다음 날 사무실용 대형 프린터기를 든 장정 둘을 보내왔다.

"우리 집보다 프린터기가 더 크다. 이걸 어디다 놓으라고 덮어놓고 이걸 보내냐?"

그녀는 걸걸 웃더니 큰 집으로 이사가이소 했다.

나는 사람의 목소리가 참으로 신비스럽다.

이 시원시원한 여자의 어디에서 깊은 동굴 속 같은 울음이 터지는지.

'그냥'이라는 노래를 한 번 들으면 슬퍼지고 두 번 들으면 눈물 난다.

문주란의 앨범.

♬ 그냥

QR코드를 스캔하여 음악 듣기

그냥

문주란

그냥 잊기로 했네 그냥 살아내자 했네
알아도 모른 체 보고도 못 본 체
쓸쓸한 이름을 지우며
그대 안부 엿보기 얼마
그대 안부 엿듣기는 또 얼마
마음을 접어도 낭창낭창낭창
열두 번씩 작정해도 낭창낭창낭창
우리 살아도 눈물 나는 저녁
그냥 살아내기로 했네

그냥 잊어야겠네 그냥 살아내야겠네
가만히 다가와 그 누가 물어도
나 그대 모른다 해야겠지
나 혼자서 눈 감기 얼마
나 혼자서 정 끊기는 또 얼마
마음을 접어도 낭창낭창낭창
열두 번씩 작정해도 낭창낭창낭창
세상 물결치고 낙엽 떨어져도
그냥 살아내기로 했네
나 이제 그냥 살기로 했네

▲ 김폴의 앨범.
▼ '오마니' 녹음 중인 김폴 씨.

25

오마니

어느 날 젠틀하게 다이어트 된 롯사노 브랏지가 나를 찾아왔다.
순간적으로 나는 60년대 영화관에 앉아 있는 느낌이었다.
'남태평양'이란 환상적인 영화 속에서 갑자기 그가 화면 찢남으로 내게 온 것이다.
"제가 내년이면 고희가 됩니다."
속으로 생각했다. 다행입니다. 청춘에 오셨으면 큰일 날 뻔했습니다.
"고희 기념 음반을 하나 내고 싶어서요."
김희갑 선생님은 단칼에 거절한다.

"기념 음반은 하지 않습니다."

자신의 영혼을 저며 만든 노래가 세상으로, 세상으로 퍼져나가 모든 이의 사랑을 받는 것이 노래 만드는 사람의 최종 소망인데 누군가의 장롱 속에 금송아지처럼 숨겨져 있는 것은 원치 않는다.
그러자 그는 유머러스하게 답한다.
"다행히 저는 장롱이 없습니다. 하늘 높이 휘날리는 애드벌룬으로 띄우겠습니다. 세상 사람들이 저것 봐! 저것 봐! 할 수 있게요."
그리곤 계속 김 선생의 허락을 받아내려 말을 이어갔다.
거절의 마지막 수단.
"그럼 노래를 좀 들어봅시다."
노래방 기계가 완비된 그의 농장에서 그의 노래를 들었다.
외모만큼이나 부드럽고 깔끔한 목소리였다.
짐 리브스의 노래는 짐 리브스보다 더 잘 부르는 것 같았다.
와. 이 양반이 고희라고?

그런데 어딘지 모르게 좀 아쉽다. 턱걸이를 10번만 하면

합격인데 9번 반에서 멈추는 느낌.
그가 이실직고했다.
그동안 아파서 식사를 못 하다가 어제부터 죽을 조금씩 먹기 시작했다고.
그럼 곧 좋아지겠구나.
그러나 이건 성급한 낙관이었다. 그의 건강은 쉽게 돌아오지 않았다.

그에게는 그가 원하는 곡이 하나 있었다.
황해도에서 피난 온 그는 그때 헤어진 어머니가 너무 그리워 어머니가 살아계시건 본인이 살아있건 살아생전에 오마니를 한번 외쳐보는 것이 소원이었다.
고희 잔치 때 친지들에게 노래를 나누고 싶어 그나마 잠깐 목소리가 돌아왔다 싶을 때 부족한 상태에서 녹음을 했다.
이게 아닌데. 이게 아닌데. 그런데도 목소리는 자꾸 달아난다.

고희라고 한 지가 벌써 5년 전이다.

그는 아직도 목소리를 기다리고 있다.

그때는 본때를 보여주리라 벼르고 있다.

♬ 오마니

QR코드를 스캔하여 음악 듣기

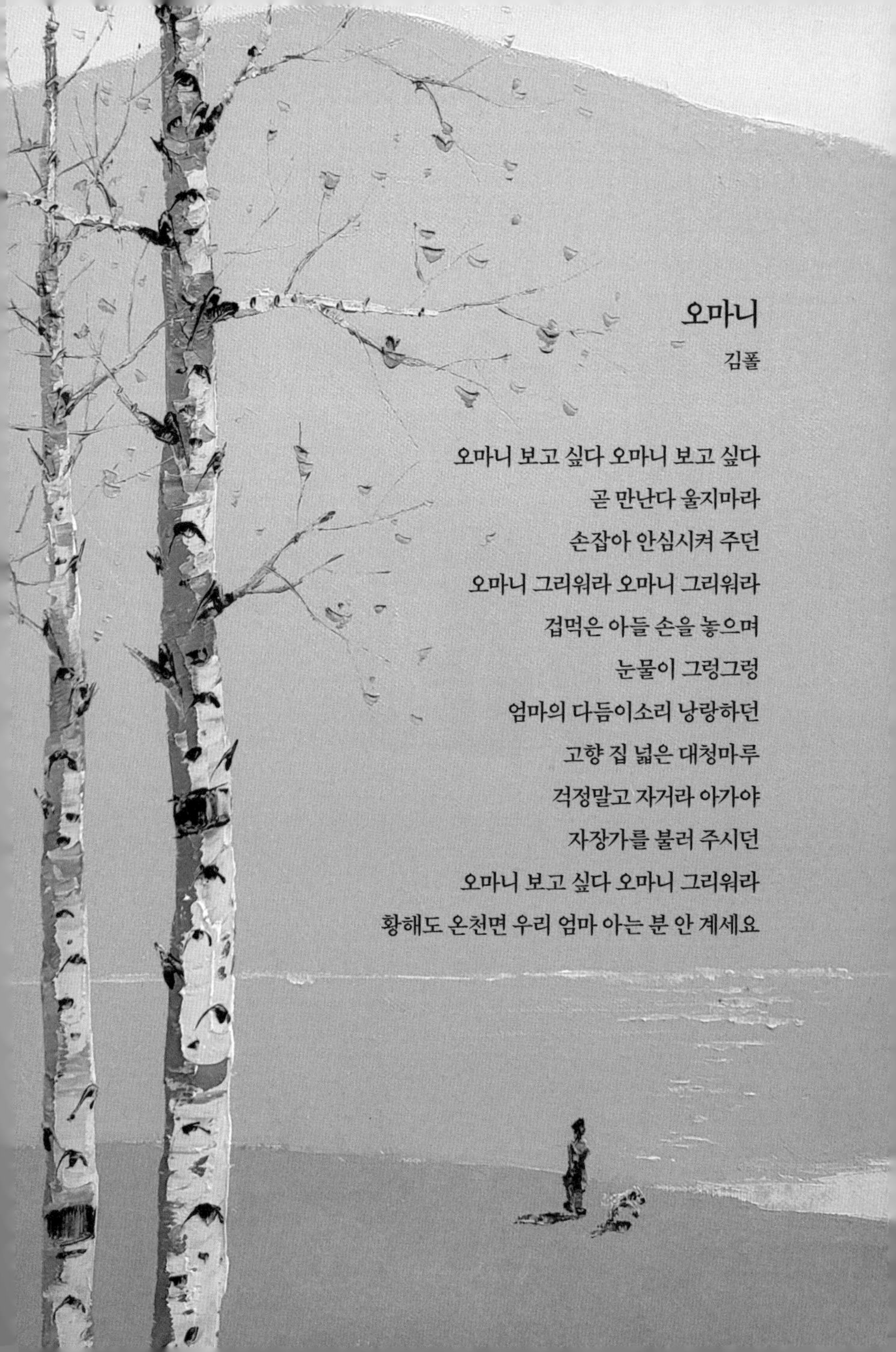

오마니

김폴

오마니 보고 싶다 오마니 보고 싶다
곧 만난다 울지마라
손잡아 안심시켜 주던
오마니 그리워라 오마니 그리워라
겁먹은 아들 손을 놓으며
눈물이 그렁그렁
엄마의 다듬이소리 낭랑하던
고향 집 넓은 대청마루
걱정말고 자거라 아가야
자장가를 불러 주시던
오마니 보고 싶다 오마니 그리워라
황해도 온천면 우리 엄마 아는 분 안 계세요

김희갑 씨가 대천 국환 씨 집을 방문했을 때
그의 아버지는 선생님 오셨다고 밤새도록 불을 때고 또 때서
이불이 다 타고 불이 날 번했다고 한다.

26

아버지

지가 쌈박질을 엄청 잘했슈.

김국환 씨는 어렸을 때의 쌈박질 얘기를 곧잘 했다.

내가 재미있게 들으니까 신이 나서 보태고 빼고를 하며 지난 날을 쏟아냈다.

신광철 선배라고 있어유.

펀치가 세기로 유명한 선배인데 어느 날 지한테 펀치를 팍 멕이는 거예유.

가만있었쥬. 그랬더니 이눔 봐라, 라이터 돌 만한 놈이 대단한데.

그러면서 나를 스카우트 하는 거예유.

나는 KBS PD 신광철 씨 얘기인 줄 알고
스카우트? KBS?
아니 그때 홍성읍에 패싸움 비밀 조직이 있었거덩요.

이렇게 밤낮없이 싸움질만 하고 다니니 학교에서 그냥 두고 볼 리가 없었다.
퇴학 처분이 내려졌다.
대천 마을 장터 뙤약볕에서 목수 일로 새까매진 아버지는 아들의 소식을 듣고 한달음에 학교로 달려왔다.
아버지는 아들보다 체구가 더 작았다고 한다.
키 작고 새까만 그 아버지가 키 큰 선생에게 호통을 쳤다.
"공부를 가르치기만 하면 선생이요, 사람을 끝까지 이끌어야 선생이지. 글고 퇴학시키는 게 교육이오?"
다음 순간 아버지는 담임 선생 손을 와락 잡고 꿇어앉았다.
"여보, 사람 하나 만들어 주시오. 여기서 내치지 말고 저놈 두들겨 패서라도 사람 좀 만들어 주시오."
한두 번 들은 얘기도 아닌데 이 대목만 나오면 번번이 눈물바람이다.
세월이 갈수록 내 아버지처럼 그리운 분.

아버지.

♬ 아버지

QR코드를 스캔하여 음악 듣기

아버지

김국환

고향마을 동대리 나무 장터
일솜씨 좋았던 목수 김 씨
뒤틀린 문짝 오늘 임자 만났다
흥 돋궈 일하던 울 아버지
단단한 차돌처럼 구르며
쌈박질 능했던 어린 자식
누가 뭐라냐 삼동네 떠나가라
가슴 버텨 막던 울 아버지
꽉 잡아라 톱질 간다
하나 둘 셋 톱질 간다
이눔 너 하나 휘청거리면
애비도 말짱 헛것이여
기죽지 마라 애비 있다
뉘 아들이냐 지지 마라
널 때리는 건 애비겠지만
날 때리는 건 바로 너여
불꽃처럼 살아나는 기억들
지금 내 가슴에 못을 박네
오랜 세월 내 자식 키우느라
잊고 살았네 울 아버지

꽉 잡아라 톱질 간다
하나 둘 셋 톱질 간다
이눔 너 하나 휘청거리면
애비도 말짱 헛것이여
기죽지 마라 애비 있다
뉘 아들이냐 지지 마라
널 때리는 건 애비겠지만
날 때리는 건 바로 너여
불꽃처럼 살아나는 기억들
오늘은 눈물로 쏟아지네
이미 오래전 훌훌 털고 떠나신
아버지 그리워 못 살겄네

1995년, 뮤지컬 '명성황후' 포스터. 배우 윤석화.

27

뮤지컬 명성황후

평소에도 그는 운동 마니아였지만 크게 심호흡을 해야 하는 작업에 들어갈 때면 그 운동의 강도가 높아진다.
체력이 받쳐줘야만 지구력을 가지고 작업할 수 있다는 것이 그의 신념이다.
새벽에 일어나 북한산을 다녀온다.
아침 식사 후엔 산악자전거를 타러 나간다.
점심 식사 후엔 인라인스케이트를 메고 나간다.
사위가 물었다.
"아버님, 철인 3종 경기 나가세요?"
그가 그렇게 운동을 하는 건 말리지 않겠는데 그 작업이 공동 작업일 때는 나도 운동을 해야 하므로 그땐 캄캄해진다.
내가 너무 힘들어하고 입술도 마구 부르트고 하니까 자전거 타는 부분만 동행하기로 했다.
어느 날 자전거를 타고 나가다가 시멘트 바닥에 드세게 넘어졌다.
헬멧을 쓰고 있었음에도 이마 쪽에서 흥부네 바가지 깨지는 소리가 쩌억 났다.
순간 아, 이 순간부터 평생 병원 침대에 바보처럼 누워 있겠구나.
하나님, 한 번만 봐주세요. 다시는 자전거 안 탈게요.
하나님의 지시를 받은 의사의 공적 소견에 의해 나는 자전거를 금지당했다.
그런데 그는 내가 의도적으로 넘어졌다고 의심하고 있다.
의심하려면 하나님을 의심해야지. (감히 그럴 순 없겠지만)

그와 나는 작업 시간대가 다르다. 그는 새벽이라야 머리가 맑아지고, 나는 밤 12시가 돼야 초롱초롱해진다.
뮤지컬 '명성황후' 작업 때, 밤새 내가 장면 장면의 가사를 써서 그의 책상 위에 갖다 놓으면 그는 새벽에 일어나 그 원고를 한 번 읽어본 후 산으로 간다.
산으로 가면서 오면서 그는 그 곡을 전부 머리로 만드는 모양이다.
돌아와서는 곧바로 책상에 앉아 일필휘지로 악보를 적어 나간다.
이백은 한달음에 써 내리는 시인이라 '시선'이라 불리고, 두보는 한 자 한 자 갈고 닦는 스타일이라 '시성'으로 불렸는데 따라서 그는 시선이고 나는 시성…, 헷!
명성황후 제작팀은 속이 탔다. 허구한 날 운동만 하고 작곡은 언제 하시려나. 아직도 체력이 부족하신가.

마침내 첫 곡이 나왔다.
명성황후에 대한 충성과 연모를 노래하는 홍계훈 장군의 아리아.
'나의 운명은 그대였네'이다. 팩스를 통해 전해 받은 이 첫 곡을 듣고 기다리던 모두가 만세를 불렀다고 한다. 조짐이 좋다고.
그렇게 시작했던 뮤지컬이었는데 지금 2026년 30주년 공연을 준비 중이다.

지금도 마찬가지지만 창작뮤지컬이 무대에 올려지는 일은 기적과도 같은 일이다. 명성황후 역시 온갖 난관을 겪으며 극적으로 오페라 극장에 올려졌다. 그 후 우리의 뮤지컬을 알리기 위해 십시일반 힘을 모아 미국 브로드웨이와 영국에 진출해 호평을 받았다. K 뮤지컬의 신호탄을 터뜨린 가슴 벅찬 사건이었다.

공연이 올려지면서 명성황후가 여럿이 바뀌었지만 난 초대 명성황후였던 윤석화의 연기를 잊지 못한다. 그녀의 명성황후는 정말 황후 같은 품격이 돋보였고 작은 체구에서 뿜어져 나오는 카리스마는 볼 때마다 전율이 일었었다.

오늘은 오래돼서 음질은 그다지 좋지 않으나 96년 초기 공연 때 출연했던 윤석화와 김민수의 버전을 들어본다. 팩스로 보낸 첫 번째 악보다. 홍계훈 장군 역을 맡은 김민수의 미성 역시 옛 그리움을 불러일으킨다.

♬ 명성황후

QR코드를 스캔하여 음악 듣기

NO. 18, 19 '명성황후'와 홍계훈.
〈그림 제공: 김사랑 초5〉

명성황후

윤석화, 김민수

No 18. 그대를 어디서 보았던가

[민비]

웬일이시오. 이 밤중에.

박 상궁, 세자를 전하께.

그래 홍계훈 장군 무슨 일이오.

[홍계훈 장군]

일본의 동태가 심상치 않사옵니다.

훈련대 해산의 전교를 거두소서.

우리 군사는 아직 길러지지 못했고

강한 일본군은 이 땅에 남아있나이다

불충의 무리가 틈을 탈까 두렵습니다.

[민비]

쇠는 달았을 때 때리고 쇠뿔은 단김에 빼야 하는 법.

훈련대 해산의 어명은 이미 내려졌소.

[홍계훈 장군]
마마의 뜻이 정녕 그러하시면
천한 이 몸은 오직 모셔 받들 뿐.
소신 이만 물러가겠나이다.

[민비]
잠깐. 내 진작부터 장군에게 묻고 싶던 게 있소.
장군을 대할 때마다 어디선가 본 듯한 느낌.
우리가 어디서 만났었소?

No 19. 나의 운명은 그대

[홍계훈 장군]
물으시니 답하리다.
이 몸 젊었을 때 망나니로 떠돌다가
고향 집 담 너머로 살며시 엿본 그대
그날 그때부터 나의 운명은 그대였네.
이 밤이 마지막 밤이 될지라도
그대와 이 왕실 몸 바쳐 지키리다.
하늘이시여 도우소서.
내 사랑하는 사람 위해 죽게 하소서.

▲ 1992년, '타타타'로 <한국 노랫말 대상> 대상 수상.
▼ 김국환의 앨범.

28

타타타

남자들이 글자를 깨치면서 읽고 또 읽고 그러고 나서 다시 읽는다는 『삼국지』.
너덧 번 읽은 건 읽었다 할 것도 아니다. 수십 번, 수백 번 완독한 사람도 있다니 말이다.
내가 『삼국지』를 무협지쯤으로 알던 시절 일이다.
친구였는지 선배였는지 기억도 어렴풋한 그가 내 앞에서 글자 몇 자를 휙휙 쓰더니 쓱 하고 내밀었다.
기생유 하생량(旣生瑜 何生亮).
웬 뜬금없는 글자인가 하고 한참을 들여다보는데 곧 그가 설명해 주었다.

학문과 무예에 출중했던 주유가 동시대의 제갈량이라는 벽을 넘지 못하고 좌절하면서 마지막 순간에 외친 통한의 한마디였다.

"하늘은 주유를 낳고서 왜 다시 제갈량을 낳았는가."

기생유 하생량(旣生瑜 何生亮). 6글자가 암벽에 새긴 듯 내 마음속에 남았다.
그 후 잊어버리고 있다가 주유의 절통한 심정이 다시 살아난 건 영화 '아마데우스'를 보면서였다.
한 생애를 살면서 제갈량이나 모차르트와 맞수가 된다는 건 참 괴로운 일이다.
김연아와 동시대를 사는 아사다 마오가 그렇듯.

1991년도에 '타타타'가 나왔다. 골프의 황제인 타이거 우즈도 자신의 기량을 점검받는 선생이 있듯 가수에게도 자신의 노래를 들어주는 선생이 필요하다.
녹음하는 동안은 가타부타하는 선생이 있기 때문에 가수는 자신이 가진 기량을 유지한다.

하지만 녹음이 끝나면 그때부터 점점 흐트러지기 시작한다. 감기 걸리고 피곤하면 한 키 내려서 부르고, 자기도 모르게 점점 편한 방식으로 노래를 부르면서 본래 가진 날이 무디어지곤 한다.
그러다 결국 목욕탕 비누처럼 둥글둥글, 아무 매력 없이 돼버린다.

'꽃순이를 아시나요'가 히트하면서 김희갑 악단을 떠났던 김국환 씨가 20년 만에 작곡가 김희갑을 다시 찾아왔을 때 그의 노래가 그 지경이었다.
그때부터 선생과 제자는 날 세우기에 돌입했다.
말하자면 엣지(Edge) 찾기다.
카미유 클로델이 깨진 대리석 한 덩이를 가지고 발 하나를 조각해 내자 꼬마 아이가 묻는다.
"그 돌덩이 속에 발이 있는 거 어떻게 알았어요?"
이처럼 돌덩이에서 발을 찾아내야 한다.
그렇게 해서 앨범으로 나온 '타타타'는 들어본 몇몇 사람만 좋다고 할 뿐 이렇다 할 반응이 없다가 김수현 작가의 드라마 '사랑이 뭐길래'에 삽입되면서 하루아침에 날개를 달았다.

옆에 있는 우리가 정신이 빠질 정도면 가수는 그야말로 회오리바람을 탄 기분이었을 것이다.
가요 순위도 팍팍 밀고 올라갔다. 그때의 돌풍은 요즘 BTS 버금갔다. 물론 국내에서만이지만.
그러나 아쉽게도 '타타타'는 그 무렵 폭발적 인기를 얻던 신승훈의 '보이지 않는 사랑'을 끝내 넘어서지 못했다.
'보이지 않는 사랑'은 가요 프로그램에서 무려 14주 연속 1위를 하면서 기네스북 기록도 세웠다.
생각해 보니 그렇다. 제갈량도, 모차르트도, 김연아도 하늘의 뜻이다.
피눈물 나는 노력 끝에 온 결과라 할지라도 1등을 하면 무조건 겸손하고 감사해야 한다.

나는 현재까지도 노래 가사를 쓰고 있다.
수십년을 써온 가사들 모두가 빛을 발하고 있지는 않다.
어둠 속에 묻혀 있는 다이아몬드(?)가 태반이다. 모두가 '타타타'보다 못해서 묻혀있다고는 생각하지 않는다.
까만 밤을 하얗게 불태우는 노오력~을 하지 않아서라고도 생각하지 않는다.

각자의 때가 맞지 않아서 일뿐.
1등도, 피가 끓는 2등도, 언저리도 못 가는 꼴찌도 우주에서 내려다보면 오십보백보.
돌아보면 하늘은 세월을 헤아려 가며 골고루 돌보아 주는 듯하니 덜 쥐어진 것 같아도 서운해 말 것.
산다는 건 수지맞는 장사라는 것을 모두가 잊지 말기를.

♬ 타타타

QR코드를 스캔하여 음악 듣기

타타타

김국환

네가 나를 모르는데
난들 너를 알겠느냐
한 치 앞도 모두 몰라
다 안다면 재미없지
바람이 부는 날엔 바람으로
비 오면 비에 젖어 사는 거지
그런 거지 음음음 어허허

산다는 건 좋은 거지
수지맞는 장사잖소
알몸으로 태어나서
옷 한 벌은 건졌잖소
우리네 헛짚는 인생살이
한세상 걱정조차 없이 살면
무슨 재미 그런 게 덤이잖소

2023년, '아이리스' 녹음하는 가수 양지은 씨와 함께.
이 책을 발간하기 직전 녹음한 신곡.

29

아이리스

돋보기 너머로 겨우 신문이나 보면서 거기서 읽은 지식으로 감을 놔야되는데…, 대추를 놔야되는데…, 하던 오빠가 젊은 시절엔 꽤나 많은 책을 읽고 있었던 것으로 기억된다.

일본에서 중학교를 다녔던 오빠는 그래서인지 일본 책이 많았는데 그 책이야 내가 읽어낼 수 없으니 없는 거나 마찬가지고, 그래서 오빠 책 쪽에는 아예 관심이 없었다.

그러던 어느 날 무심코 책 한 권을 빼 드니, 으응? 우리 한국 소설도 있는 게 아닌가.

아마도 오빠는 어린애가 읽을까 봐 신문지로 표지를 싸서 일본 책 사이사이 꽂아두었던 것 같은데 이미 빼든 책 얌전하게 도로 꽂아놓을 나도 아니었다.
그때가 국민학교 2학년. 겨우 깨친 한글 실력으로 읽긴 읽었는데 어린 느낌에 방 걸레로 얼굴 닦은 기분이었다.
이른바 빨간책이었다.
괜히 오빠 몰래 읽느라고 애간장만 졸였잖아.
할 수 없이 오빠가 사다 준 동화책을 다시 집어 들었는데 이것도 참 지겹게 재미없었다.
사람들은 이렇게 재미없는 책을 뭐 하러들 쓸까. 참 속상하고 심심한 나날이었다.
그런데 유치찬란한 꽃 표지의 책 하나가 눈에 띄었다.

자다 말고 봉창 두드리는 식으로 느닷없이 오빠는 사람을 불러대기도 했는데, "엄마야, 인자야!"로 시작해서 누나, 자형, 조카, 몇 안 되는 식구를 있는 대로 다 부른 다음에 그곳에 동네 바둑이가 와 있으면 바둑이까지 불러서 유머라고는 담쌓고 지내는 가족들을 걱정스럽게 만들어 놓고 "강변 살자"로 끝을 맺곤 했다.
"빌어묵을 놈! 니나 가서 살아라!"

엄마는 그때마다 정머리 없는 말로 싹을 문질렀다.
나는 왜 오빠가 이사 갈 마음도 없는 엄마를 심심하면 불러서, 게다가 내가 또 무슨 힘이 있다고 나까지 불러가며 강변 가서 살자고 하는지 딱해 죽을 지경이었다.
그런데 유치찬란한 책 표지를 들추니 바로 거기에 '엄마야, 누나야, 강변 살자'가 있는 게 아닌가.
그러니까 오빠는 이사를 가고 싶어 그런 게 아니라 소월의 시를 읽다가 자기 감흥에 못 이겨 그렇게 큰소리로 읊어대었던 것이다.
『진달래꽃』이란 제목의 소월 시집은 그렇게 해서 나와 첫 대면을 했고, 운율 있는 글귀들은 나를 깊이 매료시켜 버렸다.
난생처음 시를 만났던 나는 세상에 이렇게 멋진 형식의 글도 다 있구나, 해서 가슴까지 다 뛰었다.
이것이 얼마나 크게 내 영혼에 와 닿았는지 나는 꼭 내 시를 써야지, 스스로 다짐했었다.

아이리스 아이리스 아이리스가 피었네

꽃삽으로 내가 심은 꽃

그대가 떠나던 날 뒷모습 아니 보려고

내 아픈 마음 눌러 심듯이

가수 양지은 씨가 심금을 울리는 목소리로 아이리스를 부를 때 소월의 시집을 읽던 그때가 떠올랐다. 김희갑 선생님은 이 곡을 작곡한 후, 아, 이 곡을 부를 사람이 없단 말이야, 하며 한탄했는데 기다리던 그 목소리를 만났다. 이런 것이 일기일회일 것이다.

신곡 [아이리스]는 3월에 출시되는 가수 양지은의 미니 앨범으로 감상하실 수 있습니다.

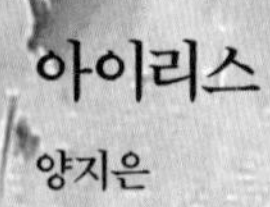

아이리스

양지은

아이리스 아이리스
아이리스가 피었네
꽃삽으로 내가 심은 꽃
그대가 떠나던 날 뒷모습
아니 보려고
내 아픈 마음 눌러 심듯이
그대 떠난 세월 동안
어렵사리 그대 잊었는데
꽃이 피어서 생각이 나네
이제 와서 어찌하라고
아이리스 아이리스
아이리스가 피었네

아이리스 아이리스
아이리스가 피었네
떠난 그대 생각나는 꽃
나에게 웃어주던 그 모습
다정한 모습
사랑해 그대 맑은 목소리
영원하자 맹세해도
속절없이 다가오는 이별
뜻한 바대로 되지 않아도
아마 그게 뜻이겠지
아이리스 아이리스
아이리스가 피었네
아이리스 아이리스
아이리스가 피었네

작곡가 김희갑의 '킬리만자로의 표범' 연주 장면.

30

킬리만자로의 표범

딸아이가 성당을 다녀오더니 나를 향해 방긋 웃었다.
영문도 모르고 나도 방긋 웃었다. 아이가 가만히 내게 안긴다.
뭔가 내게 해주고 싶은 이야기가 있는 듯하다.
뭔데?
"오늘 성당에 주임신부님이 안 계셔서 외부 신부님이 오셨는데…"
이제 갓 신부님이 되신 어린 신부님이 이런 말씀을 하셨다고 한다.
신부가 되기 위한 과정이 너무 힘들어 포기하고 싶은 마음이 여러 번 들었는데 그때마다 '킬리만자로의 표범'을 들으며 뜻을 고쳐 나갔다고.
이 노래가 끝까지 그를 잡아주었다 했다. 그리고 그 노래를 만드신 분이 누구신지는 모르지만 그분을 위해 기도를 드린다는 말씀에
"'저요 저요! 제가 딸이에요. 꼭 전해 드릴게요.' 그렇게 외치고 싶었는데 못했어. 엄마."
나는 아이를 꼭 안았다. 얼마나 감사한 얘기냐, 그 노래를 만든 보람은 그것 하나로 차고 넘친다.
내가 만든 노래로 신부님 한 분을 모시게 되다니.

내가 다닌 대학은 전국의 백일장을 토네이도처럼 휩쓸고 다닌 글 재주꾼들이 다 모인 곳이다.
신문에 신춘문예 공고가 나기 시작하면 교실은 아연 고시원이 된다.
글 재주꾼에서 시인으로, 혹은 소설가로 등용을 하느냐, 아니면 그냥 재주꾼으로 주저앉느냐다.
해서 우리들에게 크리스마스는 항상 가혹한 시간이었다.
당선자는 이때쯤 연락을 받아 당선 소감도 쓰고 하지만

그 외 대부분은 언제 연락이 올지. 오늘일지. 내일일지. 그러다 1월 1일 신문을 보고서야 정확한 당락을 알게 된다.
아, 지금부터 또다시 1년을 갈고 닦아야 하는구나.
힘들고 배고플 때여서 1년은 아득한 시간이었다.
등용문을 통과했다고 해서 당장 무엇이 해결되는 건 아니었지만 일 년의 무게가 다시 어깨에 내려앉을 때면 과연 이 1년을 버틸 수 있을까 캄캄할 때가 많았다.
그때마다 나는 당선 소감을 썼다.
내가 나를 위로하기 위해서. 격려하기 위해서. 일어나기 위해서.

훗날
김희갑 선생님께 건의했다.
대중가요에서 하고 싶은 얘기를 실컷 하는 방법은 없나요?
그리도 할 얘기가 많소?
그렇게 해서 '킬리만자로의 표범'이 쓰여졌다.
이 노래는 언제나 현재진행형이다.
위로하기 위해서. 격려하기 위해서. 일어나기 위해서.

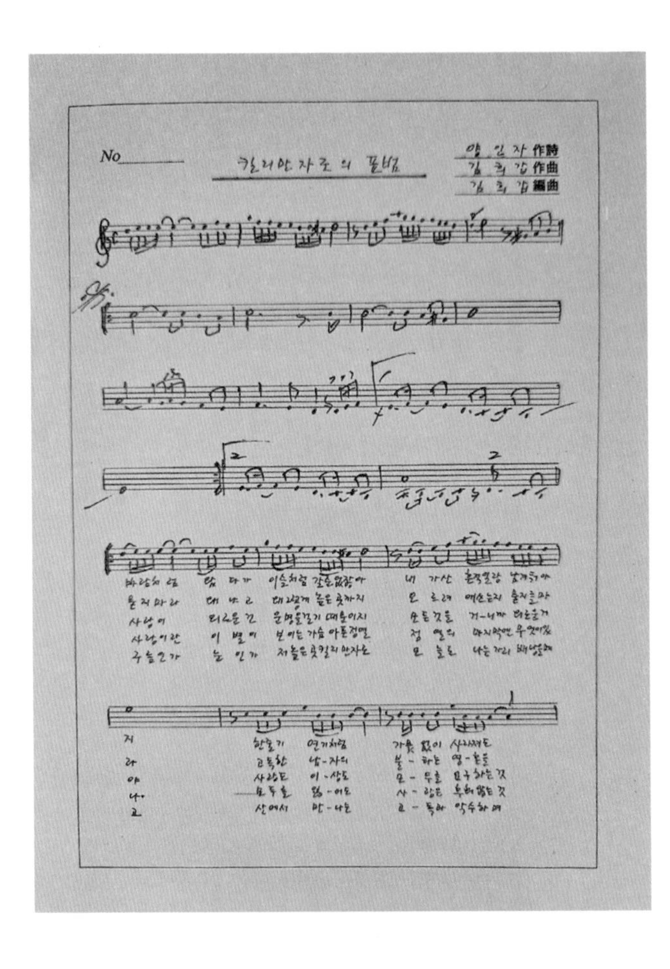

♬ 킬리만자로의 표범

QR코드를 스캔하여 음악 듣기

킬리만자로의 표범

조용필

먹이를 찾아 산기슭을
어슬렁거리는 하이에나를
본 일이 있는가
짐승의 썩은 고기만을
찾아다니는 산기슭의
하이에나
나는 하이에나가 아니라
표범이고 싶다
산정 높이 올라가
굶어서 얼어 죽는
눈 덮인 킬리만자로의
그 표범이고 싶다

자고 나면 위대해지고
자고 나면 초라해지는
나는 지금
지구의 어두운 모퉁이에서
잠시 쉬고 있다
야망에 찬 도시의 그 불빛
어디에도 나는 없다

이 큰 도시의 복판에
이렇듯 철저히 혼자 버려진들
무슨 상관이랴
나보다 더 불행하게 살다 간
고호란 사나이도 있었는데

바람처럼 왔다가
이슬처럼 갈 순 없잖아
내가 산 흔적일랑 남겨둬야지
한 줄기 연기처럼
가뭇없이 사라져도
빛나는 불꽃으로 타올라야지

묻지 마라 왜냐고
왜 그렇게 높은 곳까지
오르려 애쓰는지 묻지를 마라
고독한 남자의 불타는 영혼을
아는 이 없으면 또 어떠리

살아가는 일이 허전하고
등이 시릴 때
그것을 위안해 줄
아무것도 없는
보잘것없는 세상을
그런 세상을 새삼스레
아름답게 보이게 하는 건
사랑 때문이라구
사랑이 사람을 얼마나
고독하게 만드는지
모르고 하는 소리지
사랑만큼 고독해진다는 걸
모르고 하는 소리지

너는 귀뚜라미를
사랑한다고 했다.
나도 귀뚜라미를 사랑한다
너는 라일락을 사랑한다고 했다
나도 라일락을 사랑한다
너는 밤을 사랑한다고 했다
나도 밤을 사랑한다
그리고 또 나는 사랑한다
화려하면서도 쓸쓸하고
가득 찬 것 같으면서도
텅 비어 있는
내 청춘에 건배

사랑이 외로운 건
운명을 걸기 때문이지
모든 것을 거니까 외로운 거야
사랑도 이상도
모두를 요구하는 것
모두를 건다는 건 외로운 거야
사랑이란 이별이 보이는
가슴 아픈 정열
정열의 마지막엔 무엇이있나
모두를 잃어도
사랑은 후회 않는 것
그래야 사랑했다 할 수 있겠지

아무리 깊은 밤일지라도
한 가닥 불빛으로 나는 남으리
메마르고 타버린 땅일지라도
한줄기 맑은 물소리로
나는 남으리
거센 폭풍우 초목을 휩쓸어도

꺾이지 않는 한그루 나무 되리
내가 지금 이 세상을
살고 있는 것은
21세기가 간절히 나를
원했기 때문이야

구름인가 눈인가
저 높은 곳 킬리만자로
오늘도 나는 가리 배낭을 메고
산에서 만나는 고독과 악수하며
그대로 산이 된들 또 어떠리

2부

살며 생각하며

2부는 2013년부터 2014년 사이
〈샘터〉에 실렸던 수필 중 일부를 발췌하여 실었습니다.

1

우리는 이미 사랑받았다

일전에 어느 잡지사 요청으로 사진 찍을 일이 있었다.
웃어주세요 웃어주세요 하는데 나처럼 잘 웃는 사람도
그날은 엄청 웃기가 힘이 들었다.
날씨는 춥고 바람은 불어 대고 억지로 웃자니 얼굴은 일
그러지고,
그러다 보니 제대로 못 웃는 게 죄송해지고 괜히 약속했
다 싶지만 이미 늦었고 어쩌나, 어쩌나 하다 불현듯 손자
생각이 났다.
그러자 슬몃슬몃 웃음이 배어 나오기 시작했다.
그 아이가 재롱부리고 있는 모습을 생각하니 절로 웃음

이 터져 나왔다.

그렇게 잘 웃어주고 있는데 제대로 카메라를 쳐다보란다.

카메라 보란다고 카메라만 보이나, 무섭게 생긴 사진 기자도 보이지, 웃음이 쏙 들어가 버렸다.

아는 스님이 그랬다. 자식은 전생의 빚쟁이고 손자는 전생의 연인이라고.

자식은 눈만 마주치면 돈 달라고 하고 손자는 보고 또 봐도 또 보고 싶어 그렇단다.

만들어 낸 말이라도 아름답고 재미있다.

전생의 연인.

그러나 이 연인이 처음 태어났을 때 딸아이는 다소 자책하는 듯한 어조로 이렇게 말했다.

"엄마. 난 애가 낯설어 죽겠어."

말을 안 했을 뿐 낯설기는 나도 마찬가지였던 터라 그 말을 덮어 뭉개듯 말했다.

"당연하지. 처음 보는 아인데. 앤들 안 그렇겠니? 그동안 뱃속에서 들어본 목소리라 엄마인가 보다 참고 있지만 안면 트는 건 처음인데 애도 얼마나 낯설겠니? 지금부터 열심히 친해져 보자."

그렇게 해서 친해진 아이가 세 돌을 맞았다.
우리나라에만 온 나이 만 나이라는 게 있어 세 돌이지만 4살이다.
그동안 딸은 육아일기 블로그를 만들어 내가 컴퓨터만 켜면 언제라도 볼 수 있게 글과 사진들을 올려놓았다.
이 블로그는 언제 봐도 까무러칠 듯 재미있다.
물론 우리 집 이야기라 그렇기도 하지만, 딸아이 언어 감각이 그야말로 내게는 김태희고 전지현이다. (아, 삼천포로 빠지는 이런 비유법은 딸과 대화 나눌 때나 쓰는 건데, 이렇게 막 써도 되나.)
딸아이가 글을 그렇게 재미있게 쓰는 걸 그 아이 유학 보내놓고 나서야 처음 알았다. 처음 떨어져서 처음 받아본 편지는 나를 무척 행복하게 만들었다.
그런데 고맙게도 딸아이는 편지를 자주 보냈다.
내 노년의 쓸쓸할 때를 대비해 그 편지를 소중히 보관하고 있는데 이따금 물건 정리를 하다 보면 그 상자 자체가 행복의 실체처럼 느껴진다.

사람을 행복하게 만드는 그 글솜씨가 육아 블로그에서 한껏 빛을 발하고 있는데, 유감스럽게도 범죄에 이용될 수 있다는 운영 사이트의 경고가 있어 가족 한정으로 공개하고 있다.
컴퓨터를 켠다. 원고를 쓰기 위해 켰지만 습관처럼 손자부터 만나러 간다.
새해 아침 사진이 올라와 있다. 네 컷짜리 만화처럼 네 장의 사진에 말풍선이 그려져 있다.
"엄마, 나 네 살 됐어요?"
"응, 네 살이 됐어. 네 살은 네 하고 대답하는 나이야. 엄마가 밥 먹으라 하면 네~ 옷 입자 하면 네~ 그렇게 대답하는 게 네 살이야."
"네~"
그리고 세상에 이런 표정이 있을까 싶은 순진무구한 얼굴이 말한다.
"나 네 살 됐지렁~ 부럽지렁~"
정말 부럽다.
아마 이 얼굴은 이 아이가 나중에 크면 자기 자신도 부러워할 얼굴이다.

나는 과연 내 생애에 이런 얼굴을 가진 적이 있었던가. 네 살이 된 것만으로도 세상을 전부 얻은 듯한 아이.
아기 키운 기억이 까마득하다 못해 아예 지워져 버려 손자가 태어나도 어떻게 안아줘야 할지 겁이 났다.
그때 읽었던 책 『네가 기억하지 못할 것들에 대하여』(정석희 지음), 외할아버지의 손자 키우기 책이었다.
맞벌이 딸들을 대신해 50일 간격으로 태어난 두 손자 키우는 과정을 쓴 것인데 아이를 키우는 일상이 힘들기도 하고 재미나기도 하려니와 할아버지와 아기가 주고받는 정서적 교감이 뭉클뭉클 감동을 일으켰다.
날마다 사건이고 날마다 기적인데, 그러나 할아버지의 기록으로만 존재할 뿐 커가는 아이들은 당연히 기억을 못 한다.
육아의 기록이지만 나이가 들면서 서늘해져 버린 어른들 가슴에 따뜻한 물수건을 얹어주는 듯한 위로의 힘이 있다.
아이를 키우는 정성 어린 노고에서, 아 그렇지 나도 아이를 이렇게 키웠지, 가 아니라 나의 부모님도 나를 이렇게 키우셨겠구나 하는 생각이 드는 것이다.
나를 젊은 시절로 데려가는 게 아니라 기억 못 하는 아기 시절로 데려간다.

나의 얘기를 듣는 듯 가슴 뭉클하고 감사하기 그지없어 늦었지만 착하게 살아야지, 어린애 같은 결심을 하게도 된다.
그래, 우리도 기억을 못할 뿐, 나 네 살 됐지렁~ 부럽지렁 ~ 하던 시절이 분명 있었다.
사랑받고 산 적 있었고 행복하던 시절 분명 있었다.
블로그에 댓글을 달았다.
'65년 연하의 내 어린 연인을 오늘도 잘 좀 부탁해.'

2

세상에 믿을 것이 없습니까?

나는 처녀 시절을 서울 구의동에서 보냈다.

동으로 승격한 지 얼마 되지 않아 동네 어른들은 그냥 구의리라 불렀다.

1966년, 워커힐로 향하는 도로는 확장 포장 공사로 엉망이었다.

존슨 미 대통령의 방한에 맞추느라 한꺼번에 까뒤집어서 출근길은 그야말로 아수라장이었다.

어쩌다 한 번 오는 버스는 이미 만원이고 그래서 구의동은 그냥 지나치는 게 예사였고, 어쩌다 내리는 사람이 있어 정차를 해도 나 같은 어리버리는 끼어들지도 못했다.

그래도 출근해야겠기에 죽기 살기로 매달렸다가 버스가 사람들을 한 번 흔들어 놓고 떠나는 바람에 진창길에 나가떨어지기도 했다.
승객을 그 지경으로 해놓고 그냥 가다니. 너 지금 같았으면 죽었어야.
그때 나는 간절히 그곳을 벗어나고 싶었다.
집으로 가는 길은 두 갈래가 있었다.
하나는 구의 수원지 철조망을 따라 산길로 가는 것이었는데 다니는 사람이 없어 호젓하기는 하나 따라서 무섭기도 했다.
또 한 길은 와글와글 모여 사는 동네로 꼬불꼬불 들어갔는데 그 골목은 언제나 악다구니로 끓어 넘치고 있었다.
그때마다 주먹을 불끈 쥐었다. 이 동네를 벗어나야지, 절대 가난하게 살지 말아야지.
그때 내가 본 가난은 그냥 불편한 정도가 아니었다. 가난은 죄였다.

어느 날 산길로 넝마주이가 앞서가고 있었다.
안 그래도 통행인이 없어 무서운 길에 무덤까지 있어 더 무서운 길에 시커먼 넝마주이까지 있어 이걸 어쩌나 동네 길로 돌아서 갈까 했는데 그러지 못했다.
그 넝마주이가 천상의 목소리로 노래를 부르며 가고 있었기 때문이었다.
푸치니의 오페라 〈토스카〉에 나오는 '별은 빛나건만'을 원어로 부르며 가고 있는 저 사람, 저 사람 누구인가.
밀짚모자를 깊게 눌러쓰고 흔들흔들 가고 있는 그 사람을 그때 나는 따라가고 싶었다.
그 후 결혼이라는 끈을 잡고 잠시 구의동을 떠나긴 했지만 둘째를 낳기 위해 다시 친정이 있는 구의동을 찾아들었다.
워커힐로는 쉴 새 없이 차들이 달리고 그 차들을 보고 있자니 궁금해졌다.
아카시아꽃이 만발한 날, 세 살 된 첫 아이를 데리고 나섰다. 천천히 걸어서 한번 가볼 작정이었다.
워커힐이 도대체 뭐 하는 곳이며 어떤 모양새인지. 그러나 한 시간을 걸어도 워커힐은 감감이었다.
가도 가도 아카시아 숲길만 이어지고 있었다.
돌아갈 길도 걱정이 되어 아이 손을 잡고 다음에 가자 했는데, 과연 내가 워커힐에 가볼 수 있을까 의문이 생겼다.
시내버스도 전차도 안 다니는 그곳에 차도 없는 내가 갈 수 있는 방법은 없었기 때문이었다.
그때 나는 구의동을 떠나는 첫 번째 꿈 위에 두 번째 꿈을 얹었다.
내 생애에 내 아이와 기필코 워커힐에 한번 가보리라.
꿈이 소박했던 탓에 나는 꿈을 다 이루었다. 짠!

나는 중고 서점에 들르는 걸 좋아한다.
가서 책 구경을 하다 보면 생각지도 못했던 책들과 만나게 되는데 그 반가움과 신기함이 대단하다.
아니 이런 책이 있는지도 몰랐는데 어느 누구는 벌써 이 책을 읽고 다음 주자를 위해 이렇게 내놨구나.
그렇게 해서 발견한 책이 김진홍 목사의 『황무지가 장미꽃같이』였다.
이 책은 300쪽이 넘는 분량으로 세 권이나 된다.
요즘 책 읽는 속도가 현저히 느려졌는데 이 분량을 다 읽자면 읽기 전에 지치지 않을까 했는데 기우였다.
너무 재미있어서 책장 넘어가는 게 아까울 지경이었다.

난 오래전 이분이 쓴 『새벽을 깨우리로다』라는 책을 라디오 드라마로 각색한 바 있다.
그때의 감동이 되살아나 이 책을 집어 든 것이었다.
그런데 책을 읽노라니 놀랍게도 나의 처녀 시절이 그곳에 있지 않은가.
구의동 산길에서 '별은 빛나건만'을 부른 그 넝마주이가 바로 김진홍 목사님이었다.
와, 숨이 막혔다.
그때 내가 따라가고 싶어요, 했다고 그래 가자, 했을 리도 없겠지만 막무가내로 따라갔더라면 엄청 고생했겠구나, 책을 읽는 내내 그 생각에 혼자 웃었다.
그러나 내 과거지사가 일부 겹쳐 있다고 해서 지금 이 책을 얘기하는 건 아니고, 그동안 하나님에 대해서 가졌던 아주 기초적인 질문들이 거기에 있어서이다.
믿음이 무엇이며, 무얼 믿으라는 건가. 말씀을? 성경에 있는 그 말씀을? 그걸 왜 믿어야 하지? 그건 실행해야 하는 것 아닌가?
우리가 학교에서 사회, 도덕을 공부하면서 질서를 지켜라, 어른을 공경해라, 정직해라 하는 건 실천 사항이었다.

성경도 비슷한데 그렇다면 이웃을 사랑하고 도둑질을 하지 말고 등등은 실천하고 숙지하면 되지, 왜 믿기까지 해야 하는가? 예를 들면 이런 영아원 수준의 의문이나 질문들을 이 목사님도 가지고 있다는 것이 너무나 놀랍고 흥미로웠다.

모태 신앙이면서 목사가 되려 했던 그런 분이.

그렇다면 평생을 기독교 신앙에 오체투지한 이 목사님은 어떤 대답을 해주실 건가? 그렇게 해서 천여 쪽을 거뜬하게 읽게 만든 책이었다.

3

부모들은 목마르다

아는 이의 영화 시사회에서였다. 영화가 끝나고 감독과의 질의응답 시간이 있었다.

통상적인 질문과 응답이 이어지다가 돌연 참신한 질문 하나가 던져졌다.

좋은 질문엔 좋은 답이 기다리고 있다.

"영화보다 질문이 더 우수했어요."

옆에 있던 감독이 껄껄 웃었다.

"응답도 훌륭했고요."

그렇게 몇 마디 칭찬을 더 보태고 있는데 갑자기 질의자의 아내가 중학생쯤 돼 보이는 아이 둘을 내 쪽으로 밀어

붙이며 말했다.
"우리 남편 말고 우리 아이 칭찬 좀 해주세요."
시사회장이 북새통이었기 망정이지 참 민망할 뻔했다.

그의 아내는 몇 번 보았지만 그들의 아이는 처음 본다.
일면식도 없던 아이에게 해줄 수 있는 칭찬에는 어떤 것이 있을까?
잘 생겼다? 씩씩하다?
하지만 그런 염치 불구한 엄마가 들이미는 아들이 절대 잘 생기고 씩씩할 리가 없다.
그러나 모른다. 지금은 성냥개비지만 10년 후 아름드리 느티나무로 자랄지 밤나무로 자랄지는.
어쨌거나 이 엄마가 성냥개비 자식에게 저지르는 무례함이 미안해서 나는 "만나서 반갑다." 하고는 두 아이의 어깨를 가만히 끌어안아 주었다.
집으로 오면서 생각했다. 무슨 지도교사로 있는 그 엄마는 아이들을 떠밀기 전까지 대단히 능력 있고 활동적이고 자신만만한 사람이었다.
그런데 그런 사람이 왜 갑자기 그런 비지도자적인 행동을 했을까? 무엇이 그녀로 하여금 그 아이들을 떠밀게 한 것일까? 찬성할 순 없어도 이해가 안 가는 건 아니었다.
그녀는 마냥 성냥개비로만 보이는 아이 때문에 목이 말랐던 것이다.
내색하지 않을 뿐 어느 부모에게든 그 마음은 다 있지 싶다.

방송 작가 협회 교육원이라는 데가 있다.
방송 작가가 되기 위한 공부를 하는 곳이다.
지금은 세월 따라 그 역사도 꽤나 깊어졌는데 처음 그 교육원 문을 열었을 때 모두들 깜짝 놀랐다.
삼천리 방방곡곡 밥솥 옆에서 한숨 쉬고 있던 인재들이 다 튀어나왔기 때문이다.
모두들 사막 땡볕에서 마지막 물 한 모금을 외치고 있었다.
그러나 물이 터무니없이 부족해 어쩔 수 없이 면접이라는 거름망으로 선별을 할 수밖에 없었다.
작가의 재능은 나중에 작품으로 드러나지만 그러기 이전에는 그들이 가지고 있는 이력으로 뽑아야 하는데 모두 만만치가 않았다.
특히 방송 작가는 책상 위에 글재주뿐만이 아니라 살아

온 삶의 폭도 대단히 중요하다.

누가 누구를 뽑는다는 상황 자체가 면구스러운 일이었는데 면접 셋째 날인가 막 여고를 졸업한 듯한 해맑은 소녀 하나가 내 앞에 앉았다.

그리고 자신이 누구의 딸이라고 밝혔다.

그 누구는 나와 함께 일했던 PD였다.

일하는 동안 나를 얼마나 무시하고 괴롭혔는지 그때 내가 참는 법을 배운 것은 잘한 일이지만 어쨌거나 그 PD가 내게 안부를 여쭈라고, 아주 친했던 것처럼 말했다.

그는 지금 성냥개비 딸이 아니면 결코 내게 안부를 여쭈라고 말할 사람이 아니다.

그때 나는 그의 안하무인 속에 숨어 있는 작아진 아버지의 모습을 보고 처음으로 애잔한 감정을 느꼈다. 그 딸을 뽑았는지 안 뽑았는지는 말하지 않겠다.

내 아들은 골프 선수다. 내가 볼 때 선수 체질이 아닌 것 같은데 선수만 고집하더니 이제야 후진 양성이 적성이라고 판단, 남은 인생 재편성에 들어갔다.

"엄마, '와이프 싱글 만들기'라는 책을 한번 써볼까 하는데.” 골프에 골도 모르는 제 아내를 가르쳐서 싱글〔핸디캡이 한 자리 숫자(9 이하)인 사람. 핸디캡의 수치가 낮을수록 골프를 잘 치는 사람이다〕로 만드는 과정을 사진을 곁들여서 한번 써보겠다는 것이다.

“언제 가르쳐서 싱글?”

“실패가 점철된 선수일수록 원인 파악이 능해서 가르치는 건 잘한다니까.”

아들의 장점은 매사 낙관적이라는 데에 있다.

그 글은 한 경제신문 인터넷판에 연재가 되고 마침내 책으로 나오게 됐다.

그런데 책이 만들어지는 과정에서 싱글 만들기가 과부 만들기로 오해될 소지가 있다고 『주부 9단, 골프 9단 되다』로 제목이 바뀌었다. 으, 아니다 이건.

책을 펼쳤다. 나 역시 골프를 몰라 그립이 어떻고 각도가 어떻고 하는 건 그냥 넘어가고 두 아이가 어떻게 재미나게 놀고 있는지 그거 보는 것만으로도 재미가 나서 심심하면 비디오 보듯이 들여다본다.

그러다 내 최면에 빠져 굉장히 재미있는 책으로 인식이 되어 어떤 모임에 나눠주려고 그 책을 한 아름 들고 나갔다.

그런데 나눠주는 순간 최면에서 깨어나서 그만 작아질 대로 작아져 버린 나는 무슨 중국제 짝퉁이라도 건네는 사람처럼 상대방 눈도 마주치지 못하고 허둥대고 있었다.
자식이 성냥개비인지 내가 성냥개비인지 원.

4

오늘은 누구를 울려볼까

공항에서 짐을 부치고 5분 정도 있다가 들어가라는 말에 파란 내 가방이 벨트를 타고 흘러가는 모습을 무심하게 바라보고 있었다.

그러다 마침내 내 시야에서 사라졌을 때 아차 했다.

여행 가방 앞주머니에 챙겨놓은 읽을거리를 미처 빼놓지 않은 것이다.

쉽게 피곤해지는 눈 탓에 열심히 읽지도 않으면서 정작 손에 책이 없자 조바심이 나기 시작했다.

어떡하지? 공항에 책방이 있던가?

그때 일행 중 한 명이 내게 책 한 권을 건넸다.

『내 딸을 백 원에 팝니다』 나는 이 책이 홍도야 우지마라와 같은 신파극 시리즈 중 하나인 줄 알았다.
책의 저자인 장진성이란 사람의 이름도 생소한 데다 표지가 주는 느낌도 일송정 푸른 솔이 연상되어 희희낙락 노래방에 들어서다가 〈선구자〉 노래부터 듣는 그런 기분이었다.
이분은 가벼운 여행 중에도 나를 공부시키려 하는구나, 그렇게 생각했다.

비행기가 고도를 잡은 후 비로소 책을 찬찬히 보기 시작했다.
장진성이라는 이름 옆에 탈북 시인이라는 글이 써 있는 게 보였다.
그러니까 비교적 부피가 얇은 이 책은 시집이고, 읽을 책이라고는 이 책뿐인 마당에 한 자 한 자 천천히, 아주 천천히 읽어야겠구나 생각했다.

그러나 그런 작심을 하지 않아도 이 시집은 빨리 읽을 수가 없는 책이었다.

〈홍도야 우지마라〉는 클라이맥스에 가서나 눈물 바람을 일으키는데, 북한의 배고픈 실상을 그린 이 시집은 첫 페이지부터 눈물을 쏟게 하더니 끝까지 울린다.
도사리고 있는 멀미기 때문에 기내식을 물릴 때, 있는 줄도 몰랐던 양심이 튀어나와 뭐 잘났다고 이런 음식을 마다하냐고 야단치고, 내가 이렇게 유유자적 여행을 다녀도 되는지에 대해서도 죽비가 나타나 나를 때렸다.
남편이 책을 권한 이에게 농담처럼 항의했다.
"책 한 권으로 사람을 그렇게 울려도 되는 기요?"
"아, 예…."

그는 참 말 수가 없다. 자신의 회사에서 출판된 책이고 저자 머리말을 보면 만난 것도 여러 번인 것 같은데 그렇다면 이 시집과 연관된 에피소드가 한 둘이겠는가 은근히 그런 팁을 기대하고 있었는데 아 예… 로 끝이다.
그동안 여러 번 여행을 같이 다니면서 보아온 그는 사적인 자리에서는 꼭 할 말 외엔 너무도 말이 없는 사람이었다.
"저렇게 말 없는 사람하고 연애는 어떻게 했어요?"
사내 커플이었던 그의 아내에게 물었더니 그녀가 웃었다.

"그래도 할 말은 합디다."

좀 괜찮아 보이는 일이라면 일단 따라 해 보는 '따라쟁이'인 나는 '할 말만 하기'에 돌입했다.
내가 지금 하려는 말이 꼭 해야 할 말인가, 안 하면 큰일 날 말인가 따지고 보니 24시간 안 했다간 큰일 날 말이라곤 하나도 없었다.
내친김에 묵언수행 한번 해보자.
"여보." 남편이 부른다. 쳐다본다. "물 좀 줘." 물 갖다준다.
"밥 먹자." 밥 먹는다.
야! 쉽다. 한마디도 할 필요가 없네.
그 무렵 틱낫한 스님이 한국에 오셨다.
스님과 함께하는 묵언수행 3일 프로그램에 참가했다.
결론은? 죽는 줄 알았다. 모르는 사람과 함께 있으니 온종일 입 닫고 있어도 이상할 것도 어려울 것도 없었다.
하고 싶은 말을 억지로 참고 있는 것도 아닌데, 그런데도 사흘이 지나니까 사방 천지가 다 보이는 유리 벽 속에 혼자 갇혀 있는 듯한 무서움이 왔다.
이 과정을 넘어서는 내공이 쌓이면 또 어떤 세계가 펼쳐

질지 모르겠다.
아무튼 그다음부터 절에 가서 묵언수행 팻말을 목에 걸고 있는 스님을 보면 와, 대단하신 분이구나 생각하게 됐다.

어느 날 방송 작가 협회에서 숨넘어가는 문자가 왔다.
빨리 협회 홈페이지에 접속해서 뭔가를 보라고 한다.
난 방송국이 무너졌거나 협회 건물이 날아간 줄 알았다.
접속했더니 거기에는 〈꽃보다 아름다워〉를 쓴 작가 노희경 씨가 문제의 그 시집을 읽고 눈물을 펑펑 쏟은 이야기가 있고, 그 얘기에 자극받아 우리 모두 북한에 빵을 보냅시다류의 글이 흥분된 채 도배되어 있었다.
그렇게 해서 순식간에 빵값이 모이고 그걸 어딘가로 전달했다는데, 어찌나 순식간인지 나는 벙벙하다가 십 원 한 장도 못 냈다.
다만 나는 지금도 꾸준히 그 시집을 주문해서 이번에는 누구를 울려볼까 음모만 꾸미고 있다.

5

남미 무전 여행기

최근 남미를 다녀왔다.

주로 부에노스 아이레스에 머물러 있었으니 아르헨티나를 다녀왔다고 하는 게 맞겠다.

나는 내 이번 생애에는 남미를 못 갈 줄 알았다. 멀어도 너무 멀고, 비싸도 너무 비싸고, 사람이 어떻게 가고 싶다고 다 가고, 보고 싶다고 다 보고 사나. 못 하는 것도 있는 거지.

그러고 마음을 탁 내려놓았는데, 그랬는데 가는 계기가 생겼다.

그것도 무전으로. 아, 아니다. 내 돈 땡전 한 푼 안 쓴 건 아니고 그래도 2, 3만 원은 썼다.
천만 원이 넘는 여행비에서 2, 3만 원이면 무전이지. 암, 내 말이.

그동안 남미 얘기는 여러 번 있었다.
브라질에 우리 동포가 많이 살고 있으니 공연 기획을 만들어 겸사겸사 가자는 게 주된 안이었는데 가수도 아니고 무용수도 아닌 우리 내외가 공연에 무슨 이바지하는 게 있다고 거기에 끼어 가겠는가.
그러나 기획을 주도하는 사람들은 두 사람 이름만 있으면 된다고 했다.
아닌 건 아니라고 딱 자를 수 있는 내 용단이 마음에 든다. 그렇게 억지 안 부려도 다녀올 수 있는 것을.
지금부터 나는 다른 사람 신세 안 지고 내 능력만으로 알토란 같이 보낸 남미의 2주 일정을 알려드리려 한다. 무전으로 그게 가능하냐고? 훗! 벌써 눈치채신 분들이 많네.

청춘은 돈이 없다. 그래도 나는 명품족이었다.
간절히 갖고 싶은 것은 다 가졌다. 쇼윈도 앞을 지나가다가 문득 시선을 사로잡는 스카프가 보인다.

눈물 나게 갖고 싶지만 눈물 나게 돈이 없다.

그러면 일단 그 앞에 서서 심호흡을 한 번 한다.

그리고 그 스카프의 질감이 느껴질 정도로 천천히 목에 매어본다.

어깨에 걸쳐도 본다. 가방끈에도 묶어 본다.

그리고 나를 본다. 그러나 내가 나를 보기 위해서만 명품이 필요한 게 아니다.

남에게도 보여줘야 한다. 친구를 만난다.

친구가 어머 예쁘다, 한다. 나는 한껏 미소를 짓는다.

또 한 친구는 내가 뭘 맸는지 관심도 없다.

직장에 출근한다. 몇몇은 아는 체해주고 대개는 역시 관심이 없다.

그렇게 여기저기 매고 다닌다. 허구한 날 같은 것만 하자니 슬슬 진력이 난다.

이 스카프는 여기서 그 생명을 다한다.

그리고 나는 그 쇼윈도 앞을 떠난다.

그렇게 해서 나는 모든 것을 가졌다. 가지고 누렸다.

어느 방송에서인가 이 얘기를 생방송으로 하고 있는데,

가수 김세환 씨가 도대체 누가 저런 이야기를 하나 일부러 스튜디오로 찾아와 보기까지 했다.
여기까지 얘기하니 이제 남미를 어떻게 다녀왔는지 다 알아버렸네.

박종호 씨의 『탱고 인 부에노스 아이레스』를 읽었다.
정신과 의사이자 문화 여행자이기도 한 그가 일본 여류 소설가가 쓴 책을 읽고 용기를 내어 떠났다.
그 소설가에 대해 그 이상의 언급은 없었지만 나는 곧바로 요시모토 바나나라고 짐작했다.
그리고 심심파적으로 읽었던 그녀의 『불륜과 남미』라는 책을 다시 꺼내 박종호 씨의 책과 한 장씩 병행해 가며 읽었다.
거기다 내 컴퓨터에 언제 다운받아 놨는지 기억에도 없는 부에노스 아이레스 여행 다큐가 있어 그것도 함께 보았다.
그는 2주가량 그 소설가가 묵은 호텔에 묵으면서 밤마다 탱고 클럽을 찾아다녔는데, 나도 밤마다 함께 다녔다. 그 도시를 감싸고 있는 공기의 촉감까지도 느끼게 하는 그의 글을 읽노라면 거의 그곳에 내가 가 있는 착각이 든다.

구태여 착각이랄 것 없다. 나는 그냥 그곳에 있었다.
탱고 가수인 카를로스 가르델은 남미의 최고 스타였는데, 상대를 최고라고 추어 줄 때 “당신이 가르델이다”라는 말을 쓴다고 한다.
여행지에서 팁으로 얻어들은 말을 어쨌든 한번 써먹어 봐야겠는데 “네 팔뚝 굵다.” 할 때, “그래, 네 팔뚝 가르델이다”라고 해도 될까? 혼자 생각하고 혼자 소리 내 웃었다.
먼 나라 여행을 하면 도착한 날은 푹 쉬고 여독이 풀린 다음 이곳저곳을 보고 싶은데, 혼자 가지 않는 이상 그런 일정은 허용되지 않는다. 그래서 여행 내내 피곤에 절어, 보이는 건 그냥 보고 들리는 건 그냥 듣기 일쑤인데, 이번 여행은 난생처음 쾌적한 컨디션으로 부에노스 아이레스를 요소요소 감동적으로 누비고 다녔다.

박종호 씨, 요시모토 바나나, 그리고 나, 이렇게 세 사람이 실제로 함께 여행을 하고 돌아온 것 같다.
어느 골목에 있는 찻집이던가, 그곳에 아픈 다리를 잠시 쉬며 재미있는 농담도 나눈 것 같다.
부에노스 아이레스가 가장 자랑스럽게 생각하는 소설가

이자 시인인 보르헤스의 이야기도 나누고,

참 리콜레타 묘지가 아름답고 인상적이었지.

가르델도 잠들어 있고, 에비타도 그곳에 있고.

박종호 씨는 탱고의 춤사위를 어떻게나 숨 막히게 설명하는지 격정에 못 이겨 탱고가 저절로 춰질 것 같았다니까.

아, 잘 다녀왔다. 가이드(텍스트)가 훌륭해서 가능했던 여행이었어. 이 감동의 여운이 점차 가라앉으면 다시 한번 가야지. 이번에야말로 완전 무전이 가능하네.

6

색채가 있는 다니엘

기찻길 옆에 살면서 싹이 트고 잎이 피어선가 손자 다니엘(세례명)은 유독 기차에 관심이 많다.
아침에 눈 뜨면 아무리 추워도 기차를 보러 나가야 하고 그리고 꽤 긴 시간 동안 기차에 열중한다.
"춥다. 이제 그만 들어가자."
"아니요, 이번에 무궁화호 오는 거 보고요."
무궁화인지 새마을인지 기차만 봐 가지곤 구별도 못 하겠는데 용케도 무궁화가 오는지 새마을이 오는지 안다.
모르지, 지는 되는 대로 얘기했는데 내가 몰라서 그냥 신통방통해하는 건지.

우리 내외가 제천에 머물 때 이따금씩 그 아이는 우리를 보러 왔는데 차를 타고 가다 문득 말한다.

"기차 간다."

저는 휴대전화나 장난감이나 그런데 정신 팔면서 무슨 예언자처럼 보지도 않고 말한다.

찻길로만 다니다 보니 기찻길이 있는지도 모르고 다니다가 그 아이 말을 듣고 살펴보면 그새 기차는 지나갔는지 보이지 않고 동네 너머 논밭 너머 저쪽 멀리 기찻길이 보인다.

네 살도 채 안 된 아이에게 묻는다. 너 옛날에 제천 와봤니? 아니요. 그 아이는 지금 영종도에 살고 있다.

영종도에서 우리 집까지는 기차 타고 버스 타면 두 번 만에 온다.

그런데 굳이 네 번씩 갈아타면서 지하철로 온다.

그렇게 와야 오는 재미가 있다고 한다.

꼬맹이가 여행을 제대로 즐길 줄 안다.

그러곤 집에 들어와서 발갛게 상기된 얼굴로 잠바도 채 벗기 전에 휴대전화 화면을 터치해서 내게 영상을 보여준다.

그냥 철커덕철커덕 소리만 날 뿐 화면은 칠흑이다.

"이게 뭐냐?"

"할머니 집에 오면서 지하철에서 찍은 거예요."

"이걸 뭐 하러 찍었니? 그냥 깜깜한데."

"여기요. 여기서부터는 불빛이 파랗게 변하잖아요."

세상에. 나는 지하철이 다니는 그 지하 굴속에 불빛이 파랗고 노란 게 있다는 걸 이 아이를 통해 처음 안다. 그리고 그걸 찍을 생각을 할 수 있다는 것도 처음 안다.

이 아이는 제 발로 걸어서 제 돌떡을 돌렸다.

말도 야물딱지게 잘해서 어린이집에서 일진 노릇을 하고 있다.

제 또래 중에서 말을 조금 더 분명하게 한다는 것이 그 세계에서는 권력이 된다는 것도 이 아이를 통해 처음 알았다.

나는 지금 이 아이가 특출난 영재고 천재라고 자랑하고 싶은 게 아니다.

아이를 키워본 사람은 다 알지만 이런 신비한 능력은 아이마다 다 있다.

그러나 무엇 때문인지 나이가 들어가면서 점차 평범해진다.

안타깝긴 하나 이토록 빛나는 현재성을 최대한 가까이 하고 싶어

얘야, 오너라, 할미한테 오너라 한다.

예전엔 손자, 손녀 얘기하면 만 원의 벌금을 내라고 했다.
지금은 십만 원 쥐여주며 가라고 내쫓는다고 한다.
그런 걸 알면서도 굳이 손자 얘기를 꺼내는 것은 무라카미 하루키의 『색채가 없는 다자키 쓰쿠르와 그가 순례를 떠난 해』를 읽으며 끊임없이 이 아이와 주인공이 겹쳐졌기 때문이다.
다자키 나이가 된 다니엘의 일기를 읽는 것 같았다.

어릴 때부터 다자키는 전차가 역을 통과하거나 또는 서서히 속도를 떨어뜨리며 다가와 플랫폼에 정확히 멈춰서는 걸 보는 게 좋았다.
심지어 몸이 떨리기까지 한다고 했다.
그리고 나중에 커서는 토목공학을 전공하고 철도회사에 취직해서 14년째 역사를 짓고 관리하는 일에 종사한다.
굳이 친구도 없는 그는 시간이 나면 지하철역에 앉아 하염없이 밀려오고 밀려가는 사람들을 본다.
그러다 문득 시계를 보고 집으로 가는 마지막 지하철을

탄다.
그 모습이 자꾸 다니엘로 연상되는 것이다.
왜 손자를 굳이 외로운 주인공에 빗대 생각할까? 다자키도 그렇게 말했지만 자발적 외로움은 외로움이 아니라 오히려 은밀한 즐거움이고 자기 성찰이다.

이건 딴 얘기지만 다니엘이 태어났을 때 내가 그랬다.
"얘는 26살에 장가를 보내야겠다." 얘는 단명하니 절에 데려다주시오 하는 스님 말씀이라도 들은 양 모두들 깜짝 놀라서 나를 쳐다보았다.
"얘가 스물여섯이 되면 할아버지가 100세야. 100세 된 할아버지가 주례를 보는 그런 결혼식을 하면 참 좋을 것 같아."
이제 막 태어나 눈도 못 뜨는 아이를 놓고 장가 얘기를 하다니.
모두들 웃었다. 그런데 다자키처럼 서른여섯 살에도 혼자면 어떡하나. 그럼 할아버지가 110세가 되는데 그때까지 살아있는 거야 별문제 없겠지만….

색채가 없는 다자키라는 말은 그의 이름에 색깔을 표현하는 글자가 들어있지 않아서인데 다니엘은 색채가 있는 다자키다.

다니엘은 요즘 들어 말이 더욱 또렷해지면서 뜻밖의 말로 사람들을 깜짝깜짝 놀라게 하니 듣는 사람마다 한 방에 중독이 돼서 나부터 시간 시간 보고 싶어 한다.

"사람들이 왜 너를 보고 싶어 하는 것 같아?"

엄마의 물음에 아이가 대답했다.

"응, 그건 내가 반짝거려서 그래."

그 엄마가 며칠 지난 뒤 같은 말을 또 물었다.

그런데 말이 바뀌지 않고 첨언만 생겼다.

"왜 너를 보고 싶어 한다고?"

"내가 반짝이는 게 있어서 그렇다니까. 자세히 보면 은색빛이 나."

손자 얘기 대강하라는 아우성이 막 들린다.

네. 네. 10만 원만 주세요. 그럼 손자 보러 집에 갈게요.

7

60년 만에 다시 읽은 책

노르웨이가 낳은 세 걸출한 예술가 입센(작가), 뭉크(화가), 그리그(작곡가). 이들이 동시대를 살면서 서로가 서로에게 어떤 영향을 끼치며 자신의 예술세계와 활동의 폭을 넓혀 나갔는지, 예술의 크로스오버(여러 장르의 교차)에 대해 공부하고 있던 중이었다.

입센의 희곡 『인형의 집』이 연극 무대에 올랐을 때 뭉크의 그림이 어떤 영향을 미쳤는지 설명하다 말고 갑자기 선생님이 우리를 쳐다보았다. "여러분 제발 책 좀 읽으세요." 그는 수업 도중 두어 번 더 격정에 차서 이 말을 했다. 제발 책 좀 읽으라고. 적어도 이 수업을 받는 사람 중에

『인형의 집』 안 읽은 사람이 어디 있을 거라고 선생님은 자기 혼자만 읽은 것처럼 저런담 그렇게 생각하고 있을 때 호흡 짧은 한 사람이 냉큼 대꾸를 했다. "전 그 책 읽었는데요." 그러자 선생님은 우리 전부에게 얘기했다. "다들 그렇게 생각하고 있을 거예요. 나는 그 책을 읽었노라고. 언제 읽었죠? 고등학교 시절? 대학 시절? 그리고 이해했습니까? 그 책은 노라가 집을 뛰쳐나온 그런 단순한 얘기가 아니올시다. 30대에도 읽고 40대에도 읽고 50대에도 읽어보세요. 그래야 무슨 얘긴지 압니다. 제발 좀 읽으세요. 과거에 읽은 기억만 가지고 읽었노라고 하지 말고."

가슴이 뜨끔해진 나는 집으로 와 곧바로 책을 주문했다. 노라가 집을 나온 얘기가 아니었나? 남편을 쫓아낸 얘기였나? 가물가물. 아무것도 생각나지 않았다. '까도남' 선생님의 말 펀치에 제대로 충격을 받은 나는 그때부터 줄곧 내가 읽었다고 생각한 책 중에 다시 읽어야 할 책에 대한 생각으로 빠져들었다.

새해다. 새해가 있다는 건 참 괜찮은 일이다. 뭔가 뜻대로 될 것 같은 한 해를 선물로 받는 날이니까. 내 앞을 스쳐

간 그 많은 새해 중 딱 하루가 생각난다. 아마도 초등학교 2학년 아니면 3학년 정도였지 싶다.
설날 아침이면 큰아버지 댁에 가서 차례를 모시고 큰아버지를 시작으로 막내 삼촌 댁까지 죽 한 바퀴 돌면서 세배를 드리는 게 정해진 일정이었다.
그날 사촌들은 세뱃돈으로 딱지며 제기를 사서 즐겁게 놀고 있었는데 나 혼자 무슨 생각에서인지 서점으로 쑥 들어갔다.
당시의 시대적 배경으로 보면 그 나이의 아이가 서점에 들어가는 건 쉽지 않은 일이었는데, 장래 작가가 될 소양을 보인 건가? 풉!
그러나 그다음 행동을 보면 고개가 갸웃해진다. 아무 생각 없이 책 한 권을 집어 든 것이다. 왜 아무 생각도 없었다고 유추하는고 하니 내 일관된 정서를 볼 때 전혀 맞지 않는 책을 골랐기 때문이다. 쥘 베른의 『15소년 표류기』.
어쨌거나 이 책을 사면서 그날은 내게 유일하게 기억되는 설날이 되었다. 내 생애 내 돈 주고 최초로 책을 산 날이기 때문이다.
나는 집으로 오자마자 책을 읽기 시작했다. 그리고 15 소년이 성가셔서 죽을 뻔했다. 왜 이리 잠시도 가만히 있지 못하고 아슬아슬한 일거리를 만들어 내는지. 그냥 따뜻한 집에서 떡이나 먹으면서 나처럼 책이나 볼 것이지, 왜 이렇게 말썽을 일으켜서 무인도까지 떠내려가고 난리냐고. 책 한 권을 단숨에 읽은 나는 혼자 입을 앙다물었다. 난 절대 이러지 않을 거야. 내가 풍랑에 휩쓸려서 옷이 다 젖으면 오빠한테 맞아 죽을 거야.

이 기억이 60년도 훨씬 지나 불현듯 현재로 끌려 나오면서 그 책의 내용이 정확하게 뭐였을까 궁금해졌다. 무엇을 어떻게 읽었기에 장래 작가가 될 재목이 그런 싹수없는 생각을 했을까? 궁금하다 생각하니 더욱 궁금해져서 더는 못 참고 뛰어나가 책을 사 왔다.

다시 읽어본 『15소년 표류기』는 황당하기 그지없었다. 8세에서 14세로 구성된 아이들이 방학을 맞아 요트 여행을 떠날 예정이었는데 부두에 묶어놓은 밧줄이 풀려 바다로 바다로 떠내려가다가 무인도에 도착, 2년 후에 다시 돌아온다는 이야기다. 그 무시무시한 폭풍우에 돛이 찢기고 돛대가 부러져도 15 소년은 다친 데도 없이 다 살았고, 한 소년이 파도에 휩쓸려 의식을 잃었을 때는 재빨리 인공호흡으로 살려내고, 무인도에서 재규어의 습격을 받았을 때는 재빨리 물리치고 상처도 금방 치료하고, 어느 날 표류해 온 어른이 젖은 옷을 벗고 갈아입을 옷도 금방 생기고. 그럴 때마다 마시는 브랜디는 2년 동안 바닥도 안 나고, 어디서 난 대포인지 대포도 잘 쏘고, 맛있고 다양한 음식도 잘 만들고, 손을 쓸 수 없게 망가진 보트도 금방 수리하고, 열기구 같은 연을 만들어 하늘로 올라가 섬 정찰도 하고…. 하! 전문가 15명이 모여도 이렇게는 못 하겠다.
그런데 이상하다. 이 책을 읽고 오빠가 무서워 지레 이런 일은 안 하겠노라 했지만 그땐 내용이 이상하진 않았다. 오히려 불가능한 일들을 척척 해내는 그들의 활약이 얼마나 장하고 눈부셨던가.
위기일발의 순간 하늘에서 동아줄이 내려와도 아무 이상함이 없던 나이에서 60년이 지나면 말도 안 되는 소리라 하는구나. 상상력이 썰물처럼 빠져나간 나를 확인하는 순간 좀 참담한 기분이 들었다.
이 책은 안 읽을 걸 그랬다. 이 글을 쓰는 동안 『인형의 집』이 도착했다. 50년 만에 읽는 이 책은 어떤 모습으로 나를 한 방 먹일까? 두려움 반 설렘 반.

8

방 한 칸, 마루 한 칸, 부엌 한 칸

오래전 한옥 강좌를 열심히 다닌 적이 있었다.
한옥의 아름다움을 알아서도 아니고 한옥을 지을 계획이 있었던 것도 아닌데 무엇 때문에 그리 열심히 다녔는지 모르겠다.
북한산 아래 살던 땐데 거기서 세곡동인지 내곡동인지 밀리는 강남길을 뚫고 가려면 멀미에 피곤에 어지럼증에 심신의 고단함을 이루 말할 수 없었다.
지금 다시 생각해도 참 이상하네. 그 강의를 왜 그리 열심히 찾아댕겼을꼬.
하여튼 그 강의가 마무리될 쯤 마지막 현장 학습으로 진천 보탑사 답사를 갔다.
그날도 나는 멀미의 어지럼증에 심신의 기운이 말씀이 아니었는데 그랬으므로 보탑사를 보고도 아무 느낌 없이 돌아왔다.
그런 와중에 남아 있는 기억이 하나 있다.
오후가 되자 날씨가 조금 추워졌는데 인솔자 중 한 분이 답사 인원 모두를 병천 순댓국집으로 데리고 가 순댓국을 맛있게 사 먹이는 것이었다.
인원이 꽤 많았는데 별로 부자처럼 보이지도 않는 그가 부처님께 공양 올리듯 기쁨에 차서 순댓국을 대접하는 것이었다.
나는 멀미기가 종래 가시질 않아 한 숟갈도 먹지 못했지만 그 사람이 우리 모두의 시중을 들며 깍두기도 갖다주고 커피도 날라주고 하던 모습이 영 잊히지를 않았다.
도대체 저 이가 누굴꼬.
나중에 알고 보니 그이가 보탑사를 지은 김영일 씨였다.

그 후 인연이 닿아 자주 보게 되었는데, 이분의 장기는 한옥이 아니고 밥 사는 게 아닐까 싶다.

같이 밥을 먹다가 그동안 신세를 졌으니 오늘은 내가 사야지 하고 계산을 하러 나가면 이미 계산이 되어 있다.
오늘은 제가 삽니다. 미리 말을 해도 소용이 없다.
얼마나 재빨리 계산을 하는지 가족끼리 외식을 하다가도 일어나면 딸이 붙들어 앉힌다고 한다.
아빠, 여기서는 계산할 사람이 아빠밖에 없거든.
사람이 사람에게 식사를 대접한다는 것. 이건 생각보다 보기보다 큰 감명을 주는 일이었다.
저건 배워야 한다. 꼭 배워야 한다.
그런 목소리가 내 귀에 들려왔다.

보탑사는 3층 목탑이다.
보탑사를 다시 찾아갔을 때 그때는 그 탑의 시공자이시며 큐레이터이시며 도슨트(전시 안내가)이신 김영일 씨의 안내를 받았다.
심신이 눈 감은 상태에서 처음 보탑사를 보았다면 두 번째는 그의 설명에 의해 감은 눈이 하나씩 떠지다가 마침내는 경이로움에 팔짝팔짝 뛸 지경이 되었다.
그는 참 성의 있게 설명한다. 그리고 개개인의 눈높이에

맞춰 설명할 줄 안다.
그리고 그의 설명 속에서 단연 돋보이는 것은 그의 정직함이다. 올바름이다.
살아가는 태도나 생각이 올바라야 하는 것이 당연함에도 황사에 미세먼지에 묻혀 있다 보니 새삼 발견되는 그의 올바름에서는 감동이 온다.

그는 한마디로 사내답게 사는 남자다.
사내답다고 해서 반드시 영웅호걸일 필요는 없다.
영웅호걸은 전쟁이나 했지 한옥은 못 짓는다.
한옥을 정직하게 잘 짓는 사내. 그가 김영일이다.
대개의 남자들이 그렇듯 그도 뻥은 좀 있다.
그리고 한 가지 사람을 질리게 하는 게 있다.
유비가 누구예요? 물었다간 큰일 난다.
『삼국지』 1권에서 10권까지 그 얘기를 다 들어야 하기 때문이다.
그럼에도 그 속에는 감동이 있다. 그 감동이 아까워서 언제부턴가 나는 그의 책 쓰기를 권유했다.
내가 무슨 책을.

무 토막 내리치듯 잘라버리는 그에게 문득문득 한 번씩 책을 써야 하는 이유를 설명했다.
한옥을 어떻게 지어야 하는지, 어느 계절에 어떻게 벤 나무를 어떻게 갈무리해다가 어느 방향으로 써야 하는지 왜 가르쳐주지 않고 옛날 옹고집쟁이 장인들처럼 혼자만 터득한 채 가려 하느냐. 당신이 무슨 신당동 떡볶이집 시할미냐. 왜 며느리에게도 안 가르치려 하느냐. 기술에 대한 불충이고 문화에 대한 불손이다.
써라 써라 써라 반드시 써야 한다.
마침내 그가 말했다.
나는 글을 쓸 줄 모른다.
상관없다. 우리에게 설명하는 그 말씀 그대로 적으면 된다. 적고 또 적으면 책이 된다.
그렇게 해서 마침내 책 한 권이 만들어졌다.

『한옥, 사람이 살고 세월이 머무는 곳. 고건축 전문가 김영일의 한옥 짓기의 모든 것』.
얘기 꺼낸 지 실로 5년 만이었다. 책을 보는 순간 가슴이 울컥했다.

한옥 건축가, 김영일 선생님.

책을 펼쳤다.
얘기해 주던 그대로 적어서인지 그의 글은 그의 목소리를 담고 있다.
내가 그를 알아서인가
글에서도 감동의 울림이 온다.

내 생애 마지막 꿈이 하나 있다면 영종도 저녁노을이 아름다운 곳에 방 한 칸, 마루 한 칸, 부엌 한 칸 10평 남짓이 양반이 지어준 한옥에 살았으면 좋겠다는 것이다.
그 한옥 마루에 앉아 지는 해를 보고 있으면 뭉클뭉클 눈물이 차오르고,
뭔지 몰라서 터져 나오지 못했던 절창이 마침내 터져 나올 것 같다.

9

나의 버킷리스트

어지간히도 걸어 댕겼다.

지금은 하루 종일 집 안에서 뱅뱅 돌지만 그리고 집 안에서 뱅뱅거리는 걸 무척이나 즐기지만 나의 10대, 20대는 거의 길에서 날이 저물었다.

정말 많이 걸어 다녔다.

중학교, 고등학교 분명히 학교를 다녔는데 학교 다닌 기억은 없고 걸어 다닌 기억만 있다.

가장 많이 걸어 다닌 길은 부산 송도 가는 길과 해운대 가는 길이었다.

바다에 갈 땐 꼭 하모니카를 갖고 갔다.

하모니카를 들고 바다를 향해 서 있으면 바닷바람이 하모니카에 밀려들면서 참으로 아름다운 소리를 냈다.
바다와 하모니카는 연애하고 있는 것이 틀림없었다.
서울로 와서는 허구한 날 미아리 고개를 넘었다.
그 너머에 학교가 있었기 때문이다. 연애도 걸어 다니면서 했고 우는 것도 걸어 다니면서 울었다.
그렇게 걷고 또 걷다가 걷는 걸 딱 멈춘 건 29살 때였다.
방송 작가가 되면서 걸어 다닐 시간이 없어져 버렸다.
그리고 40년을 두 다리 부러진 것처럼 방구석에 틀어박혀 글만 썼다.
40년을 방에 있다 보니 방이 너무 좋아져서 이제 일어나기도 싫고 걷기도 싫고 나가기도 싫다.
그런데도 건강은 짱짱한데 그건 그 이전에 15년간을 빡세게 걸어 다녔기 때문이라고 내 측근들은 말한다.
그다지 근거는 없다.

46세라는 나이에 건강한 아이를 낳아주신 내 어머니가 진정 고마울 뿐.
땅끝 마을에서 통일전망대까지 23일 동안 혼자 국토 종단을 한 황안나 할머니의 책을 펼친다.
비슷한 나이에 누가 누구를 할머니라 하는 것도 우습지만 책에 그렇게 써 있으니 그냥 할머니라 칭한다.

처음엔 책 제목이 너무 후져서 그냥 지나쳤다.
『내 나이가 어때서』라는 제목이다. 이 제목은 황 할머니가 한 번 쓰신 이후 가수 오승근 씨가 같은 제목 다른 내용으로 노래를 불러 히트를 쳤지만 이 노래가 아니더라도 이 제목은 유치했다.
그러니까 65세가 됐는데도 걸었다 그거 아니냐고.
내 손자는 돌이 되기 전에 걸었어도 스스로는 아무 자랑 안 하더만 65세에 걸은 게 무슨 자랑이라고 나 65세인데 걸었다, 하고 제목에서 자랑을 하는가.
하필이면 65세 때 그 책을 읽은 나는 기분까지 나빴다.
그게 자랑일 만큼 65세가 별 볼 일 없는 나이라는 말인가? 추측건대 이 제목은 출판사 젊은 직원들 소행일 가능성이 높다.
그들은 65세가 엄청난 나이라고 생각하는 것이다.
자기들은 살아도 살아도 65세 같은 어마어마한 나이는

아니 오는 줄 아는 것이다.

그렇게 빈정 상해하면서도 이 책을 사서 읽은 이유는 '예순다섯 인생을 돌아보며 길 위에서 나는 울었다'는, 띠지에 쓰인 그 신파조의 말이 지난날의 내 개인사를 툭 건드렸기 때문이었다.
길 위에서 젊은 애가 울고 다닌 것과 이 할머니가 울고 다닌 것은 어떤 차이가 있을까?
울음의 초점이 어디에 있을까? 같은 거였을까 다른 거였을까? 이 할머니는 이 국토 종단을 할 때 한비야 씨의 책을 참고해서 일정을 짰다고 했다.
슬그머니 나도 재가동의 욕구가 꿈틀거려 한비야 씨의 책까지 읽었다.
해남 땅끝에서 민통선까지 50일 정도 걸린 『바람의 딸, 우리 땅에 서다』라는 걸음마 다큐다.

이 책을 읽고 새삼 안나 할머니가 더 대단하게 생각되어졌다.
40대의 한비야 씨가 하루 서너 시간 걷고 50일 걸린 길을 이 할머니는 보통 7~8시간 내지 12시간까지도 걸으면서 23일 만에 주파했다.
23일 주파가 문제가 아니고 날마다 그렇게 오랜 시간을 걸었다는 게 놀랍다.

한비야 씨의 책을 보면 읽는 사람이 살짝 위축된다.
그녀의 그 눈부신 친화력을 어찌 닮아볼 것이며, 세상에 대한 호기심과 열정을 어찌 흉내 내볼 것이며, 그 모든 것을 다 치러내는 그 놀라운 에너지가 마음먹는다고 내 것이 되겠는가 그렇게 살짝 위축될 때 안나 할머니의 책으로 건너오면 한결 마음이 편해진다.
방방 뛰는 에너지 없이도 잘 걸으시네. 대단한 친화력이 없어도 대한민국 가로질러 갈 수 있으시네.
나도 할 수 있겠다. 그러나 마음은 원이로되 용단이 안 선다.
왜? 제일 먼저 대문을 가로막는 것은 '무서움'이다.
10대, 20대 때는 한밤중에 낯선 길을 헤매고 다녀도 무서운 줄 몰랐는데 왜 지금은 대문 바깥조차 무서울까?
할머니도 처음엔 무서웠는데 지금은 괜찮아져서 한밤중에도 산에 오르고 그리하여 빨치산이라는 별명까지 생겼다고 한다.
나는 수시로 이 할머니의 책을 읽으면서 하루에 20km, 30km 예사로 걷는다.
희한한 건 머리로 걷는데 장딴지가 땡땡해진다.
심지어 노랫말 작업할 때도 멜로디를 익히느라 수백 번 노래를 해보는데—주로 밤에 작업하기 때문에 속으로만 노래를 하는데도— 그다음 날 목이 쉬어 있다.
이게 무슨 조화인지 아는 사람 있으면 좀 갈챠 주세요.
내게 남아 있는 버킷리스트 중 가장 간절한 것은 아무도 없는 사막에서 혼자 깨어 있어 보는 것이다.
아무도 없는 산에서 혼자 밤을 새워 보는 것이다.
그러자면 간을 키우는 게 가장 시급한 문제인 것 같은데 간 키우는 방법 아시면 그것도 갈챠 주세요.

10

성서 이야기

젊었을 때는 바람이 많이 불어 빨리 나이 들기를 바랐다.
나이 들면 이 전쟁 같은 열정이 물러가고 평화가 오겠지 생각했다.
그러나 전쟁은 그때나 지금이나 계속이다.
옛날에는 좋은 게 많아서 죽겠더니 나이 드니까 싫은 게 많아져서 죽겠다.
좋은 게 너무 많았던 그때는 날더러 어쩌라고요 하면서 하나님 부르짖었고, 싫은 게 많은 지금은 아이고 부처님 나 좀 살려주시오 싹싹 빌어본다.
마음이 마음을 다스리지 못할 때는 좋은 것이든 싫은 것이든 모두가 지옥이다.
그리고 그 지옥에서 벗어나려 종교를 기웃거린다.
지난날을 돌이켜보면 나는 참 많은 시간 종교에 노출되어 있었다.
승려였던 나의 이모님은 나를 승려로 만들고자 부단히 공을 들였다.
나중엔 큰 스님에게 야단까지 들었다.
그 아이는 전생에 이미 부처님 공양을 잘했으니 또 중노릇 안 해도 된다. 룰루랄라.
그러자 이번에는 나를 수녀로 만들려 했다.
우리 이모님 절대 이상한 분 아니셨는데 지금 생각해 보니 좀 이상하셨네.
한창 감성 예민하던 시절의 나를 왜 그리 종교에 소속시키고 싶어 그리 애를 태우셨을까?
결벽증이 있었던 이모님 눈에는 이 풍진 세상에 던져진 나를 도저히 그냥 보고 있을 수 없었던 모양이다.
교통사고로 이모님이 돌아가시자 그다음으로 기독교가 등장했다.
대학을 졸업하고 어리버리 들어간 직장이 크리스천 계열

의 신문사였다.
그 신문사는 이미 신심이 증명된 사람만 채용이 되는데 나를 추천해 주신 분이 나는 그들이 잃어버린 양이니 주님의 이름으로 거두라고 말해 거두어짐을 받았다.
입사 기념으로 두툼한 성경책을 주면서 주님의 부름을 받아 이 자리에 있노라 전 직원이 기도해 주었다.
나는 그때 내가 부디 양이 되기를 바랐다.
진심으로 신심을 놓고 사기 치고 싶지 않았다.
불교에서 천주교로, 다시 기독교로 유랑하면서 어느 종교로부터도 신의 계시 같은 부름을 받지 못한 나는 이젠 스스로 찾아댕기기 시작했다. 그러나 막스 베버처럼 종교적인 음치에서 주저앉고 말았다.
그 사람이야 자기 지성을 믿고 흔들리지 않았다지만 무지성도 지성만큼 강한 힘이 있는지 나 역시 잘 흔들려지지 않았다.

대학 시절 방학 때마다 성서 완독하기가 방학 숙제였다.
작가가 되려면 모름지기 성서 통독은 필수라고 선생님은 거듭 말씀하셨다.

그것도 한 번이 아니라 평생 두고두고.
세상에 읽을 책이 얼마나 많은데 재미도 없고 이해도 안 되고 때로는 말도 안 되는 그 책을 평생을 바쳐 읽으란 말인가. '작가가 되려면'이 아니라 '목사가 되려면'을 잘못 말씀하신 거 아닐까. 갈 데라곤 집밖에 없고 그리하여 숙제밖에 할 일이 없는 나 같은 아이가 부지런히 성경을 읽어 작가의 자질을 고양할 수 있다면.
자, 보아라.
겨울방학이 끝나는 날 너희는 빛나는 작가 한 사람을 만날 수 있을 것이다.
다시 여름방학이 끝나는 날이면 너희들은 다 죽었다.
으하하! 이러고 싶은 마음 굴뚝인데 한글로 쓰인 성서가 왜 이리 읽기 힘든지 알 수가 없었다. 나보다 공부 덜한 할머니도 돋보기 끼고 읽으시는데 왜 난 읽지 못할까?

우여곡절 끝 나중에야 알았다. 성서는 몸과 마음이 기독교적 무장이 되어 있어야만 읽어지는 책이었다.
이런 난감한 일이 있나? 읽고 나서 그 말씀으로 무장하고 싶은데 읽기 전에 무장이 돼 있어야 한다니.

이런 난감함을 정리해 주기 위해 쓴 것 같은 오정희 씨의 『이야기 성서』를 만났다.
오정희는 대학 후배다. 같은 선생님께 가르침을 받았으니 같은 숙제를 방학마다 받았을 것이다.
세종대왕이 백성을 어여삐 여겨 훈민정음을 만들었듯 도대체 모르겠다고 머리를 흔드는 내게 그 성서를 알아듣게 해주기 위해 그녀는 마침내 『이야기 성서』를 쓴 게 아니었을까?
물어보진 않았지만.

내가 그동안 어렵네, 어쨌네 하면서 끌탕을 하던 시간들이 바닥에 무장돼 있었던 탓일까?
『이야기 성서』는 마시멜로를 입안에 넣은 듯 달콤하기까지 하다.
무려 몇십 년 만에 방학 숙제를 하고 있는 것이냐.
오정희 고맙다!

그 겨울의 찻집

초판 1쇄 인쇄 | 2023년 12월 11일
초판 1쇄 발행 | 2023년 12월 20일

지은이 | 양인자
그린이 | 신재흥

펴낸이 | 황선진
콘텐츠 | 쟈스민
기 획 | 김익현
마케팅 | 박경석
영상 콘텐츠 기획 편집 | PAGE M
편집 디자인 | 디자인 스튜디오41
제 작 | 화엄
인쇄 제본 | 영신사

펴낸곳 | 바향서원
등 록 | 2022년 7월 19일
주 소 | 인천시 부평구 갈월서로 4 삼희빌딩 504호
전 화 | 032-511-6618
팩 스 | 0303-3440-0828
이메일 | timebattle67@naver.com
ISBN | 979-11-980429-2-7 03800
가 격 | 18,000원

* 쟈스민은 바향서원의 출판 브랜드입니다.
* 잘못된 책은 구입하신 서점에서 바꾸어 드립니다.